AF245073

UN MARQUIS DÉGUISÉ

COURS COMPLIQUÉES
TOME UN

EBONY OATEN

Copyright © 2024 by Ebony Oaten

© 2024 Ebony Oaten

Tous droits réservés.

Aucune partie de ce livre ne peut être reproduite sous quelque forme ou par quelque moyen électronique ou mécanique que ce soit, y compris les systèmes de stockage et de récupération d'informations, sans l'autorisation écrite de l'auteur, à l'exception de l'utilisation de brèves citations dans le cadre d'une critique littéraire.

UN MARQUIS DÉGUISÉ

Le tout nouveau marquis de Hadlow pensait que la campagne contre Napoléon était risquée, mais rien ne le préparait à l'assaut des débutantes qui arrivaient à sa porte, avec le mariage en tête.

Totalement peu préparé à cette nouvelle mission périlleuse — trouver une épouse richement dotée — il échange sa place avec l'homme de confiance loyal de sa famille. De cette façon, il pourra observer les invités à distance, en toute sécurité.

C'est le plan parfait.

L'héritière Bertha Collingwood mène sa propre campagne.

Ravie d'assister à son premier séjour dans une grande maison, elle demande conseil au majordome pour se concilier les faveurs du marquis.

Problème : le majordome est si tentant que Bertha a du mal à garder son objectif en ligne de mire.

1

DÉCEMBRE 1820

L'attelage a pénétré dans l'allée du domaine du marquis de Hadlow, dans le sud de l'Angleterre.

Des nuages sombres pesaient lourd dans le ciel. Il pouvait neiger, ou bien le temps pouvait continuer à faire grise mine.

Un vent glacial a claqué la joue de Bertha Collingwood quand la portière s'est ouverte.

Le cocher a abaissé les marches. Il portait tant de couches que Bertha avait du mal à distinguer son visage.

— Vous devez être transi par la longueur du trajet. Allez vite vous réchauffer dès que possible.

— Oui, Mademoiselle, a-t-il dit, tandis qu'un laquais du domaine s'avançait et offrait silencieusement sa main pour aider Bertha à descendre.

Maman a parlé depuis l'intérieur de la voiture.

— Fais attention à tes pieds, ma chérie.

— Oui, Maman.

Le vent tourbillonnait, et chaque mot envoyait un petit nuage de buée. Bertha a trottiné jusqu'à l'abri de l'imposante façade de pierre de Hadlow Hall.

Le vent dansait avec la glace. Bertha a serré plus fort son col de fourrure autour de son cou.

Maman, qui la rattrapait, a fait de même.

— Cela fera notre grandeur, a dit Maman tandis qu'elles s'approchaient de l'entrée de Hadlow Hall. Une couronne pour toi, puis mes petits-enfants épouseront encore plus haut.

Maman avait toujours tendance à s'emballer.

Bertha a fait remarquer :

— Nous n'avons même pas encore rencontré le marquis. Comment sait-on s'il nous plaira, sans parler d'être... épousable ?

— Mariable, ma chérie, a corrigé Maman dans un petit reniflement qui a envoyé un panache de vapeur devant elle. Ne t'en fais pas, il te choisira. J'en suis certaine.

— Et mon choix, alors ? J'ai mon mot à dire ?

— Bien sûr, ma chérie. Tu auras à dire « je le veux » le matin de la veille de Noël.

La veille de Noël n'était plus qu'à neuf jours ! Et si le marquis était une brute ? Une brute épaisse, un vaurien qui maltraitait ses domestiques et sa femme ?

Ou pire.

Et s'il n'était qu'un dandy mièvre ? Esclave de la mode et des apparences, dilapidant sa fortune pour suivre la cour ?

Bertha a baissé la voix :

— Maman, es-tu sûre de ne pas avoir dilapidé l'argent de Papa pour obtenir cette licence spéciale ?

Maman a soufflé un nouveau panache de buée, agacée.

— Bien sûr que non. Le marquis de Hadlow veut une épouse avec beaucoup d'argent sonnant. Les Collingwood désirent un titre. C'est l'accord parfait. Redresse le menton, ma chérie. Garde le but en ligne de mire.

Les oreilles délicates de Bertha la brûlaient sous l'effet des paroles de Maman. Et du froid. Le chapeau bordé de fourrure qu'elle portait était peut-être au sommet de la mode, mais c'était le comble de l'impraticable : il ne couvrait que le sommet de sa tête, laissant la nuque offerte aux éléments. Mieux valait entrer au plus vite.

Le personnel de Hadlow Hall s'est mis en place près de l'entrée pour accueillir Bertha et sa mère.

— Merci pour votre charmant accueil, mais ne restez pas dehors pour nous, s'il vous plaît. Rentrez vous mettre au chaud, a ordonné Bertha, comme si elle était la châtelaine et que ce personnel lui appartenait déjà.

Les domestiques ont fait la révérence, mais ils ne se sont pas mis au chaud pour autant. Un majordome s'est précipité hors de la porte d'entrée pour les saluer. Un majordome qui paraissait bien trop jeune, sans gants. Ni chapeau.

Ni même cravate.

Par ce temps ?

Ses joues rasées avaient l'éclat rouge et sain des pommes fraîches. Ses yeux bruns luisaient d'humidité. Sans doute le choc de l'extérieur aussi, s'est dit Bertha.

Lui avait-il lancé un clin d'œil ? Allons donc. Elle a dû mal lire l'expression du majordome. Par ce temps, on clignotait vite pour se protéger du froid.

Au grand désarroi du majordome, Maman a tendu la

main pour la lui serrer. Il était bien trop poli pour ignorer sa demande, alors il l'a prise et l'a serrée.

— Dites à votre personnel de quitter ce temps affreux, je vous prie. S'ils prennent froid, ils ne nous serviront plus à rien, a dit Maman.

Le majordome a bredouillé :

— Excellente idée.

Aux yeux de Bertha, il correspondait parfaitement au rôle, même s'il risquait d'attraper la mort s'il n'entrait pas vite. Séduisant d'une manière fonctionnelle, sans être trop distrayant. Sauf que, maintenant que Bertha le regardait, il se révélait déjà beaucoup trop distrayant. Grand, avec des cheveux brun foncé ondulés qui bouclaient aux tempes d'une façon assez hardie. Zut. Elle n'était pas ici pour jouer avec les domestiques. Cela mettrait vraiment Maman hors d'elle.

Cela dit, donner à Maman une petite attaque pour rire, ce serait amusant.

Le majordome a frotté ses mains glacées et sa nuque s'est couverte de chair de poule. Il devait être tout nouveau dans le métier de majordome. Ce n'était pas un défaut. C'était simplement l'observation de Bertha : il faut bien commencer quelque part. Peut-être qu'on venait de le réquisitionner, avec tous les changements récents dans la lignée des Hadlow ?

Le majordome a congédié le personnel en leur disant d'aller se mettre au chaud, puis il s'est tourné vers Maman et Bertha.

— Qui dois-je annoncer à l'arrivée ?

Quelle drôle de tournure, s'est dit Bertha. Son premier jugement selon lequel il était nouveau dans son rôle s'est confirmé.

Les nuages sombres ont lâché une rafale de grésil. Le front du majordome est devenu rose vif sous le froid, à l'unisson de ses joues de pomme.

— Veuillez informer la direction de Hadlow Hall que Mme Stephen Collingwood et Mlle Bertha Collingwood sont ici, a dit Maman, donnant sa meilleure imitation de grande dame. Puis elle a tout gâché avec : — Le *Mar-ki* nous a invitées en personne. Vous pouvez m'appeler Elizabeth.

Le majordome a rayonné, signe qu'il comprenait que Bertha et sa mère étaient aussi novices en matière de séjours à la campagne que lui l'était dans sa fonction.

— Par ici, je vous prie, a-t-il dit.

— Au fait, comment vous appelez-vous ? a demandé Elizabeth.

À la seconde où les mots sont sortis de la bouche de Maman, Bertha a su que ce n'était pas la chose à demander. Malgré tout l'apprentissage des règles de la bonne société en amont, la réalité, une fois sur place, n'était en rien comparable à une liste d'instructions tirée d'un manuel. Maman a même engagé un professeur de français pour Bertha, afin de lui enseigner les subtilités des manières. Hélas, certaines choses ne pouvaient venir que d'une naissance dans les bons cercles. Bertha, et ses parents, n'étaient absolument pas nés dans ces cercles. Même pas dans leur proche entourage. Mais ils avaient tout de même un atout qui exerçait une forte attraction.

L'argent sonnant.

— Si vous avez besoin de mes services, a dit le majordome, vous pouvez m'appeler Braddon.

— Merci, Braddon, a dit Maman tandis qu'elles passaient la grande porte. J'aime beaucoup utiliser les noms, même si ce n'est pas le vôtre. Je suppose que tous les majordomes ici, au fil des ans, ont été baptisés Braddon ? La formalité met de la distance, vous ne trouvez pas ?

Hélas, Maman dépassait déjà les bornes, prenant la cordialité pour de la familiarité. Elles étaient à peine entrées à Hadlow Hall que leurs erreurs s'accumulaient déjà.

— Quand allons-nous rencontrer le *Mar-ki* ? a demandé Maman.

Le majordome lui a lancé un regard affolé et a toussé. — Le *Mar-kwiss* et notre hôtesse, la marquise douairière, salueront tous les invités au dîner. D'ici là, je suis sûr que vous trouverez du confort dans vos chambres.

Une satisfaction douce a envahi Bertha quand elle a entendu le mot chambres, au pluriel. Une pour elle, une pour Maman. Parfait.

— Je vous ai attribué, à vous et à Mlle Collingwood, une femme de chambre chacune, a dit Braddon. Il a fait un signe de la main et deux jeunes femmes se sont avancées, comme sorties de nulle part. — Voici Brigitte, elle veillera à vos besoins, Mme Collingwood. Et voici Odette, elle s'occupera des vôtres, Mlle Collingwood.

Brigitte et Odette n'étaient probablement pas leurs vrais prénoms, mais la mode voulait que toutes les femmes de chambre aient des appellations à consonance française. Brigitte et Odette ont fait une révérence rapide et ont hoché la tête, prêtes à servir.

Braddon a regardé les femmes de chambre. — Vous pouvez conduire les Collingwood à leurs chambres, a dit Braddon.

— Passez devant, a dit Maman.

Bertha a grimacé.

Odette (ou était-ce Brigitte ?) a refait une révérence, puis elle a dit à Braddon. — Oui, milord.

Quelle drôle de façon de s'adresser à un majordome ? a pensé Bertha, en se demandant s'ils étaient, eux aussi, nouveaux. Après tout, on venait seulement de retrouver le marquis ; le personnel pour une telle fête était donc, lui aussi, réuni depuis peu.

Le feu dans l'âtre crépitait et répandait sa chaleur, et des livrets étaient disposés sur les rayonnages pour divertir les hôtes. Bertha n'a pas perdu de temps : elle a fendu les cahiers pour séparer les pages. Après s'être assurée que personne ne la regardait, elle a humé le papier. Quel délice d'être la première à lire un livre neuf !

Même si Bertha et Maman devaient rencontrer le reste des invités au repas du soir, tout le monde connaissait déjà la liste des convives de cette partie de campagne. Beaucoup de jeunes hommes étaient invités, pour faire nombre du côté des messieurs. Ils feraient un lot de consolation commode pour celles qui ne gagneraient pas les faveurs du marquis. Ou simplement un peu d'entraînement avant la véritable Saison à Londres, au début de la nouvelle année.

Bertha ne s'attendait pas à les voir beaucoup, et Maman ne le permettrait sans doute pas de toute façon. Maman avait décidé que le seul homme envers qui Bertha était autorisée à montrer de l'intérêt était le marquis, encore jamais rencontré. C'était le parti le mieux titré à Hadlow Hall. Le suivant dans l'ordre était le baronnet de Strathclyde, un endroit que Maman avait déclaré « beaucoup trop nordique » pour mériter qu'on s'y attache.

Les jeunes femmes à marier ici allaient de la seconde fille d'un vicomte à la petite-fille d'un comte. Certes, elles étaient bien plus grandioses que Bertha, mais elles semblaient, elles aussi, assez nouvelles dans les hauts cercles. Peut-être étaient-elles tout aussi nerveuses que Bertha à l'idée de commettre un faux pas ?

À la différence de Bertha, elles avaient eu toute une vie pour apprendre quoi faire et quoi dire. Elles savaient aussi que Bertha n'était pas des leurs, et ne le serait jamais.

Les invités ici savaient que la famille Collingwood dirigeait *The Caller*, la feuille la plus lue de Londres. Ses frères aînés travaillaient dans l'affaire familiale, et les plus jeunes étaient impatients d'apprendre le métier quand ils quitteraient la chambre des enfants.

Chaque café de Londres (et des comtés voisins) avait des exemplaires à lire et à partager avec la clientèle.

L'été précédent, Bertha a lu un numéro à haute voix devant un auditoire ravi. Hélas, ce petit frisson remontait à des mois. Une fois que Maman a découvert les règles — à savoir que les jeunes filles bien élevées ne doivent pas faire de discours en public —, son divertissement a cessé.

Aux yeux de la bonne société, les « représentations » de Bertha valaient, en scandale, une danse sur scène.

Avec un peu de chance, l'immense fortune de la famille favoriserait une légère *amnésie sociale* à ce sujet.

La famille du marquis, malgré une lignée qui remontait à des générations, n'avait apparemment plus aucune fortune.

Avide d'en savoir davantage sur son bientôt-futur fiancé, Bertha a quitté sa tenue de voyage pour enfiler une robe d'après-midi et elle est partie à la recherche de Braddon, le majordome. Il devait en savoir plus sur ce marquis mystérieux.

Elle a à peine parcouru le couloir qu'elle a aperçu sa cible, près du haut de l'escalier.

— Braddon, exactement la personne que je cherchais, a souri Bertha.

Sa proie s'est retournée, et ses sourcils sont montés vers la naissance de ses cheveux, traçant des arches sur son front.

— J'espérais que vous pourriez m'être utile, a poursuivi Bertha.

Il a penché la tête sans rien dire.

Elle s'est empressée de combler le silence. — Vous voyez, c'est ma première partie de campagne, et je tiens à faire excellente impression sur le marquis. Cette fois, elle l'a prononcé *Mar-kwis*, comme lui tout à l'heure.

La bouche de Braddon s'est plissée sans aller jusqu'au sourire. — Bien sûr.

— Et, voyez-vous... Bertha s'est tortillé les doigts et elle s'est embrouillée. Elle savait que le précédent marquis est mort en octobre. Et il y a eu une grande chasse à l'héritier. — Nous avons beaucoup en commun, si vous y pensez. Je suis assez nouvelle en société, et, pour tout dire, le marquis est nouveau dans l'art de *faire le marquis*, puisqu'on l'a seulement retrouvé récemment, et c'est pourquoi, à certains égards... Elle s'est interrompue, la gêne l'emportait. Après un rapide coup d'œil par-dessus son épaule pour s'assurer qu'on ne les observait pas, Bertha s'est ressaisie. — Je veux être sûre de ne commettre aucune erreur, et je pense que vous êtes la personne idéale pour m'aider.

Ses sourcils sont montés encore plus haut.

— Nous sommes tous les deux nouveaux à ce rôle, a enchaîné Bertha. Vous et moi. Je vois bien que vous êtes tout récent à votre poste.

Le visage de Braddon s'est détendu et il a poussé un soupir. — Vous pouvez le dire ?

— Oh oui, c'est assez évident. Mais c'est une bonne chose. Nous pouvons nous aider l'un l'autre. Un mot aimable de temps en temps, peut-être que, si vous avez l'oreille du marquis, vous pourrez recommander mon charmant caractère ? Je me fais un devoir de vous informer que Maman a déjà obtenu une dispense spéciale.

La bouche de Braddon s'est ouverte puis refermée, comme s'il avait quelque chose à dire mais que les mots ne venaient pas.

Bertha a de nouveau comblé le silence. — À certains égards, c'est plutôt rafraîchissant. Je suis si nouvelle à tout cela, vous l'êtes tout autant. Enfin, presque. J'étais déjà au fait de la situation familiale. Parce que je lis *The Caller*. Nous avons publié des articles sur la recherche d'un héritier. Cela m'a rappelé la cohue après que la pauvre princesse Charlotte est décédée.

Braddon s'est frotté la tempe. — Vous êtes à ce point sûre que le marquis va vous demander en mariage ?

— Pas du tout, et c'est bien pour cela que je vous demande de l'aide. Je n'ai pas encore rencontré cet homme et je n'ai pas la moindre idée de ce qu'il aime ou n'aime pas. Pour autant que nous sachions, il pourrait être un reclus. Il n'est même pas allé à Londres pour être présenté au roi.

Braddon a dégluti. — C'est quelque chose que je... je n'ai pas réalisé que le marquis devait faire ?

— Oh bon sang, ne me faites pas dire ce que je n'ai pas dit. Ce n'est pas un reproche, je vous assure. C'est seulement que, si l'on veut être reçu à la cour ou... disons évoluer dans ces cercles-là. Mais peut-être que le marquis de Hadlow ne le souhaite pas, et ce n'est donc pas une priorité. Il vient à peine de recevoir sa couronne de pair, il ne peut pas connaître toutes les règles.

— Tout à fait, a dit Braddon, et il a gratifié Bertha d'un sourire.

C'était un sourire bienveillant, qui a répandu une douce chaleur en elle.

— Mais, en bon majordome, je devrais avertir le marquis que c'est une étape qu'il devrait accomplir.

— Oui. Et vous aurez besoin de trouver un bon tailleur et d'organiser davantage de réceptions ici aussi. Oh bon sang ! Je me demande si nous contrevenons au protocole en assistant à une partie de campagne avant la Saison, avant la visite du marquis au roi.

— Est-ce quelque chose... dont il faut s'inquiéter ?

— Peut-être..., elle a essayé de se souvenir des très, très nombreuses règles de la société qu'elle rêvait d'intégrer. — Peut-être que cela ne concerne que les dames, d'être présentées au roi ?

— Avez-vous été présentée ?, a demandé Braddon.

— Oh. Bertha a rougi. — Je vous en prie, n'en parlez pas au marquis, mais je ne crois pas que je recevrai jamais audience du roi George. Pas après les pages et les pages d'horreurs que ma famille a imprimées à son sujet dans *The Caller*.

Braddon a dégluti.

Bertha a insisté. — Mais cela n'a aucune importance, pas vraiment. Sans The Caller, nous ne serions pas si riches, et je crois que c'est là que réside mon attrait pour le marquis.

Braddon a avalé sa salive une nouvelle fois. — En effet, a-t-il dit.

— À tout prendre, a continué Bertha, un peu gauche, je n'ai pas encore été présentée. Avec un don suffisamment généreux, je suis sûre que cela arrivera. Et honnêtement, si le roi n'était pas un si éhonté faiseur de scandales, il n'y aurait rien à imprimer à ce sujet.

Braddon a éclaté de rire et l'a transformé en toux. — Je ne suis pas tout à fait sûr que ça marche comme ça. D'après ce que je comprends, nous rendons hommage au roi en fermant les yeux sur ses incartades.

— Ça a peut-être été le cas autrefois, mais le roi a commis tant d'écarts.

Braddon a secoué la tête. — Mlle Collingwood, je dois vous demander : avec tant de choses déjà contre vous, comment comptez-vous gagner la faveur du marquis ?

— Eh bien... Bertha fouillait dans sa tête pour trouver la bonne réponse. Pour quelqu'un d'aussi novice en société, elle avait déjà plusieurs handicaps. Le roi détestait sa famille, on ne pouvait pas y couper. Être associée aux Collingwood ternirait-il un diadème ? — Parce que... je suis agréable à regarder, j'ai de l'esprit et je suis riche.

Braddon a hoché la tête avec fermeté. — En effet, a-t-il dit.

Bertha a affiché un grand sourire. — Exactement. Maintenant, si vous pouviez faire en sorte que le marquis et moi nous croisions le plus souvent possible, afin qu'il découvre mes nombreuses qualités, ce serait parfait.

— Et que dois-je dire aux autres jeunes filles à marier qui me demandent la même chose ?, a demandé Braddon.

— Vous pouvez très bien les ignorer. Je suis l'héritière la plus riche des lieux, et si le personnel veut garantir la poursuite de son emploi, son maître a besoin de fonds.

Braddon a fait un clin d'œil. — Une qualité des plus désirables, en effet.

Alors que le soir tombait, les femmes de chambre ont habillé Bertha et Mamma pour le dîner et elles se sont rendues dans un petit salon près de la salle à manger. Braddon et plusieurs membres du personnel s'y trouvaient, proposant des rafraîchissements aux invités, tandis que d'autres s'affairaient avec des bougies pour allumer les dernières chandelles de cire d'abeille dans leurs appliques. Elles diffusaient une lumière dorée dans la pièce et une senteur des plus agréables.

L'inquiétude chatouillait les nerfs de Bertha. Chaque siège du salon d'attente avait un coussin dodu. De lourds rideaux épais étreignaient les fenêtres. Dans la cheminée, un feu flambait, et le combustible ne semblait pas manquer.

— Je ne vois aucune preuve d'un manque de fonds, a-t-elle chuchoté à Mamma.

— Oui ?

— Nos chambres sont très confortables aussi. Comment le marquis pourrait-il être incité au mariage s'il paraît si à l'aise ? A-t-il un mystérieux bienfaiteur ?

— Tout à fait, a chuchoté Mamma en retour. Ton père a

payé une vraie rançon de roi pour rendre le nouveau marquis bien disposé envers notre famille, et tes charmes.

Bertha a formé un O avec la bouche et a siroté son vin. Qui, vu les récentes révélations de Mamma, venait probablement de la cave de son père.

Tout était planifié pour que tout aille dans le sens de Bertha. Il ne lui restait plus, pour les huit prochains jours, qu'à sourire et à se montrer aimable, et elle et le marquis étaient pratiquement mariés.

Bertha et Mamma ont été les quatrièmes à entrer dans la salle à manger. Il y a eu un léger flottement, le majordome peinait à décider où placer le reste de la compagnie.

Oh chic. L'heure de rencontrer le mar-kouiss.

La douairière a avancé. Quelqu'un sur le côté — oh, c'était le majordome — les a présentées.

— La marquise douairière, lady Hadlow ; Mme Stephen Collingwood ; et Mlle Bertha.

— Madame, a dit Mamma en faisant une révérence. Bertha a imité Mamma. Aussitôt après la révérence, elle a jeté un coup d'œil autour de la pièce. Où était donc ce marquis que tout le monde était venu voir ?

Le majordome a poursuivi en désignant un autre homme d'un geste de la main. — Le marquis de Hadlow, Mme Stephen Colling—

— Ciel !, a soufflé Bertha. — Il est si vieux !

2

Des exclamations ont résonné aux oreilles de Bertha. Elle en a probablement poussé une elle-même, sans en être sûre. D'autres ont aspiré une goulée d'air. Quelqu'un d'autre a reniflé. Mamma paraissait sur le point de s'évanouir. Tout ce travail, toutes ces leçons, tout cet argent, et Bertha a tout gâché dès leur toute première rencontre.

Comme Bertha souhaitait désespérément ravaler ces mots. Hélas, ils étaient dehors maintenant et tout le monde les a entendus. Le vieux marquis — le cou plus fripé qu'un lit défait — a toussoté dans son poing fermé. Il s'est trouvé si décontenancé qu'il a paru tirer lui-même sa chaise, jusqu'à ce que son majordome intervienne et s'en charge pour lui. Le reste du personnel a aussi tiré des chaises pour aider à installer les invités à leurs places.

Dans le vacarme des meubles et des gens qu'on déplaçait, Mamma de Bertha a prévenu entre ses dents : — Tais-toi.

Certes, d'excellents conseils, mais beaucoup trop tard, vu la manière choquante dont elle venait de se présenter à toute la maison, au marquis et à la douairière... qui avait probablement l'oreille du marquis et ne manquerait pas de recommander qu'on renvoie Bertha et Mamma chez elles sans tarder.

La chaleur montait dans la nuque de Bertha, lui empourprant sans doute le visage. Tout ce travail, toutes ces dépenses et ces démarches pour la conduire chez un marquis, et elle l'a insulté, devant tout le monde, dès leur toute première rencontre !

La seule grâce salvatrice, espérait Bertha, c'était qu'il entendait mal. Compte tenu de son grand âge, c'était possible. Mais tous les autres l'ont entendue, et ceux qui ne l'ont pas fait en entendront parler plus tard, sans aucun doute.

Mis à part son éclat, le reste du dîner s'est déroulé rondement. Le personnel a apporté plateau après plateau de délicieux plats chauds et froids. Les invités ont remercié le marquis et la marquise douairière — qui paraissait beaucoup trop jeune pour être sa mère — pour l'excellent repas. Bertha a gardé ses réflexions pour elle. Elle a seulement pensé que la douairière paraissait beaucoup trop jeune pour être la mère du marquis, et elle ne l'a pas dit. La douairière devait être l'épouse du marquis précédent, sans doute une seconde ou une troisième épouse.

Tout cela était bien trop confus. Suivant le conseil de Mamma, Bertha a tenu sa langue et a enfoui ses pensées jusque dans le bout de ses souliers. Arborant un sourire, elle se consolait : il était encore tôt. Quelqu'un allait forcément dire une bêtise au cours de la semaine à venir. Un scandale finirait bien par éclater, qui reléguerait ce petit faux pas dans l'ombre.

Alors que le plat suivant arrivait, Bertha jetait de temps en temps un regard vers le haut de la table. La main du vieux marquis tremblait quand il portait la cuiller de soupe à ses lèvres. Quand l'un des messieurs invités a porté un toast à sa bonne santé, il a eu besoin de ses deux mains pour lever le verre jusqu'à ses lèvres.

Tout bien considéré, ce ne serait peut-être pas si mal si le marquis ne la trouvait pas à son goût. Ce n'était que sa première partie de campagne ; il y en aurait sûrement bien d'autres.

Il y avait ici tant d'hommes jeunes et séduisants. Beaucoup de débutantes présentes cherchaient un parti convenable — ou du moins, leurs mamans le faisaient — parce qu'elles avaient besoin d'un beau mariage. Bertha, toutefois, n'avait pas ces contraintes. Son père, qu'on appelait « le Champignon », a amassé une belle et rapide fortune avec sa feuille de nouvelles et a constitué une rente pour Bertha. Quoi qu'il arrive, quel que soit l'homme qu'elle épouserait, elle vivrait dans l'aisance pour le reste de sa vie. Son père a rédigé des contrats détaillés pour s'assurer que la somme resterait à Bertha et ne passerait pas entièrement à son mari lors du mariage. Son père l'assurait que ce genre de chose se faisait couramment en Amérique. Apparemment, dans leur ancienne colonie, bien des familles fortunées n'avaient que des filles, et elles façonnaient leurs propres règles à leur convenance. Cela deviendrait-il vraiment la norme ici, en Angleterre ?

Autant elle aimait sa propre compagnie, autant il y avait du monde, et elle devait vraiment parler à d'autres invités, de peur qu'on ne la juge impolie ou fade.

Elle s'est tournée vers le gentleman à sa droite et a demandé : — Et que faites-vous ?

Il s'est figé, la cuiller levée, complètement perplexe. Puis il a réussi à articuler un seul mot. — Faire ?

— Oui, « faire » ? Que faites-vous ? Bertha a insisté. Elle a ajouté un sourire, comme pour atténuer son étonnement d'être interrogé.

— Euh... Il a posé sa cuillère. — Je m'en sors très bien, merci. Puis il s'est tourné sur sa droite, a accroché l'attention de la jeune femme et a entamé une toute nouvelle conversation.

Comme c'est étrange !

Bertha s'est tournée et a vu le gentilhomme à sa gauche la regarder.

— Je crois que vous avez confondu votre gauche et votre droite, a-t-il dit.

— C'est possible, a dit Bertha, mais dites-moi : si tous ceux qui sont assis se tournent vers leur droite, nous devrions tous regarder l'arrière de la tête de notre voisin.

Il a hoché la tête d'une manière qui laissait entendre qu'elle n'avait pas toute sa tête. — Ce sont les messieurs qui se tournent, et les dames qui restent immobiles, en attendant que nous engagions la conversation.

— Splendide, alors. Conver-sons, a dit Bertha. — Que faites-vous ?

À nouveau, sa question a glacé son expression. Y avait-il donc quelque chose de si terrible à demander ? — Je m'enquiers simplement de votre métier, Monsieur... ah ? Je suis désolée, je suis épouvantable avec les noms. C'est un défaut personnel. Je commence. Avez-vous entendu parler des nouvelles lois en Autriche, où les femmes peuvent à présent choisir leur profession ?

Il est resté muet et a cligné des yeux plusieurs fois. Puis il s'est tamponné le visage avec sa serviette et a paru contempler les portraits de la famille Hadlow qui tapissaient les murs.

Bertha a cherché du regard Mamma à l'autre bout de la pièce et lui a adressé un tout petit haussement d'épaules. Mamma a cligné lentement des yeux et a paru expirer sa déception.

Le majordome était là, élégant, et cette fois convenablement au chaud. Il avait des couleurs aux joues, mais pas à cause du froid. Bertha a remarqué qu'il ne faisait pas grand-chose en matière de service. Il paraissait examiner discrètement toutes les jeunes femmes à marier présentes. Ah, peut-être qu'il compilait un dossier sur les dames, à présenter au marquis ultérieurement ? Dans ce cas, tout n'était peut-être pas perdu ?

Oui, elle a sérieusement compromis sa position avec son éclat. Mais si elle avait le majordome de son côté, le marquis verrait qu'elle était un bon parti, après tout ?

Son regard a glissé vers le marquis, en se demandant si elle ne se faisait pas des idées sur à quel point il paraissait vieux.

Hélas, sa main tremblait tandis qu'il portait la fourchette à sa bouche.

Quel désastre !

Elle a de nouveau croisé le regard de sa mère et a fait un léger mouvement de tête, comme pour dire : « J'ai essayé, mais c'est sans espoir. »

Mamma, en retour, lui a lancé un regard sévère d'avertissement, comme pour dire : « Il le faut. »

Les deux voisins de table de Bertha conversaient avec d'autres dames ; elle s'est donc retrouvée à regarder de nouveau le majordome.

Son regard s'est posé sur elle, déclenchant au fond d'elle un petit tourbillon tiède. Bertha a souri et a incliné un peu la tête pour l'en remercier.

Il lui a fait un clin d'œil.

Pas de doute possible, cette fois. Le majordome lui a fait un clin d'œil. Un clin d'œil impertinent, délibéré, scandaleux.

Ne sachant plus où regarder, une bouffée de chaleur a grimpé dans le cou de Bertha. Que pouvaient bien signifier tous ces clins d'œil ? Était-elle tirée d'affaire pour obtenir la main du marquis, ou bien le majordome cherchait-il une idylle pour lui-même ?

Cette pensée a choqué Bertha et la chaleur de son cou a embrasé son visage.

— Monseigneur, je ne vois pas comment cette farce peut continuer, a dit le véritable Braddon au véritable marquis de Hadlow alors qu'il aidait le jeune homme à passer sa tenue de nuit, bien longtemps après la fin du dîner. — Les jeunes dames me dévoraient des yeux.

Le véritable marquis a laissé échapper un sifflement doux et a écarté la main de Braddon d'une tape. — Je peux m'habiller seul.

— Pardon, monsieur. C'est l'habitude. Le précédent marquis avait souvent du mal.

— Je n'en doute pas. Mais je m'habillais moi-même au régiment et je ne suis pas près d'arrêter. Et vous, mon vieux, vous n'allez pas vendre la mèche, c'est compris ? Nous avons commencé cette comédie, autant la mener jusqu'au bout.

— Est-ce juste pour les jeunes dames, monsieur ?

— Bien sûr que non, mais la vie n'est pas juste, n'est-ce pas ? Si elle l'était, mon frère serait encore là et je vivrais anonymement sur le continent.

— Le personnel chercherait de nouveaux employeurs, a suggéré Braddon.

— Avec un frère moins tête de mule...

— Au crédit du grand livre, monsieur, nous avons découvert que vous n'étiez pas mort à Waterloo.

Il a lancé un « hourra » sarcastique et a souhaité une bonne nuit au majordome.

Après que leurs femmes de chambre les ont aidées à se préparer pour la nuit, Bertha et Mamma se sont assises un moment près du feu, en revivant le dîner désastreux. — Je pense que la douairière était la seconde épouse du précédent marquis, mais ils n'ont pas eu d'enfants. — Pas entièrement sa faute, il faut être deux. D'où leur grand besoin d'un héritier, maintenant, pour le nouveau marquis. Il a fallu assez de temps pour le trouver, et ce n'est pas un perdreau de l'année.

— Oh Mamma, j'apprécie tout ce que toi et père faites pour moi, mais... je vais avoir bien du mal à le pousser à me compromettre. Il ne semble même pas capable de venir à bout de son propre repas.

Mamma a laissé échapper un grand rire. — Ta langue te jouera des tours, mais tu me fais rire ! Maintenant, s'il te plaît, seulement en privé. En public, je t'en prie, garde tes pensées pour toi.

— Je ne vais pas me prendre pour Mlle Blount, Mamma chérie.

— *Elle n'a pas soupiré qu'ils restent, mais qu'elle s'en aille,* a récité Mamma. — Ma mère me le lisait souvent pour me tenir en bride, et c'est pour cela que je te le lis.

— Ça a marché ? a gloussé Bertha.

— Qu'en penses-tu, chipie ? a dit Mamma avec un clin d'œil.

— Je pense que je vais faire de gros efforts demain pour me tenir impeccablement, a promis Bertha. Puis elle a embrassé Mamma sur le front et est allée se coucher.

3

Le soleil a percé par l'interstice des stores et a transpercé le visage de Bertha. Encore un jour de gagné vers la veille de Noël, un jour de moins pour conquérir le marquis.

Cependant, le soleil était le bienvenu. Les nuages chargés de grésil ont dû enfin s'éloigner. Bertha s'est levée de son lit, a enfilé ses chaussons et s'est glissée jusqu'à la fenêtre. À cette époque de l'année, le soleil restait bas sur l'horizon et tapait bien moins fort qu'il ne le ferait dans six mois.

Quelle vue l'a accueillie depuis la fenêtre ! Des collines vertes ondoyantes, un lac d'où montait une brume, des jardins foisonnants et tant de jolies allées (avec des recoins cachés, parfaits pour le plan).

Oh là là, c'était vraiment idyllique. Peut-être qu'elle *pouvait* finalement aller jusqu'au bout.

Hélas, l'unique homme qu'elle n'arrivait pas à chasser de sa tête était Braddon, le majordome. Elle était censée courtiser le marquis, mais chaque fois qu'elle pensait au vieux parchemin habillé en homme, son esprit s'égarait vers son serviteur. Son serviteur qui faisait des clins d'œil.

— Mamma, peut-être qu'il vaut mieux que nous rentrions ?

— N'importe quoi, ma chérie. Nous sommes ici pour toute la durée. Partir plus tôt serait une terrible injure pour nos hôtes.

— Je ne crois pas que je puisse y arriver.

— Ça ira. Tu as à peine adressé la parole au marquis hier soir au dîner. J'ai besoin que tu fasses un effort.

— Mais c'est bien là le problème, Mamma. Je n'ai pas envie de faire un effort. Il est plus âgé que Papa.

— Ma douce chérie, c'est précisément ce qui rend la chose meilleure. Il ne sera plus là très longtemps. Tu peux rendre ses dernières années si agréables, et puis, quand il partira, tu auras un titre et nous aurons nos relations, et nous pourrons continuer à établir celles de tes frères.

— Tout cela concerne vraiment mes frères, n'est-ce pas ?

— Bien sûr que non.

— Mais si. Je ne suis même pas l'aînée. Rupert est l'aîné ; pourquoi n'épouse-t-il pas la marquise douairière ?

Mamma a battu des mains. — Oh, quelle idée brillante ! Il faut que j'envoie une lettre pour le faire venir. Oh mais, et si la douairière ne pouvait pas avoir d'enfants ? Ce serait un terrible gâchis.

Bertha a froncé les sourcils devant le ton dédaigneux de sa mère. — Je ferai de mon mieux, Mamma. Mais j'ai bien peur que tout ce séjour à la campagne ne soit pour rien. S'il était seulement plus jeune...

— Il n'est peut-être pas si vieux. Peut-être qu'il a été malade ? Quoi qu'il en soit, n'en parlons plus. Nous avons chacune nos tâches à accomplir : toi, tu dois amener le marquis à te compromettre, et moi, je dois en être témoin. Sois prête.

Le fait d'avoir une demeure vraiment magnifique adoucissait le choc d'épouser un vieillard si cacochyme. Peut-être qu'il paraîtrait un peu mieux à la lumière du jour, plutôt qu'à celle des chandelles d'hier soir ? Oui, cela devait être les bougies qui projetaient sur son visage des ombres si dures, soulignant chaque ride et chaque bajoue.

En descendant, Bertha arpentait les couloirs et explorait des pièces. Un jour, ce domaine pourrait être à elle, alors pourquoi ne pas se familiariser avec l'agencement ?

Des bruits venaient des quartiers du personnel, plus bas. Si elle devait devenir marquise, il lui serait avantageux de se familiariser avec les domestiques, et eux avec elle.

Que c'était étrange de trouver le vieux marquis lui-même ici, parmi les gens de condition inférieure, en train de compter l'argenterie.

— Puis-je vous aider, Mlle Collingwood ?, a-t-il dit en la voyant là. Il ne paraissait pas du tout gêné par sa présence. Comme si c'était son occupation habituelle de faire ce genre de choses. Comme c'était déroutant.

— Je ne savais pas que vous comptiez vous-même l'argenterie ?

— Bien sûr, je... Il s'est arrêté, la bouche ouverte. Puis il l'a refermée et a pris un air serein. — Je vais demander à Braddon de finir cela. Après tout, c'est sa tâche.

Comme c'était vraiment, vraiment déroutant. — Avez-vous eu des problèmes quant à l'honnêteté de votre personnel, marquis Hadlow ? Oh là là, est-ce que cela rompait la bienséance ? Bertha a enchaîné. — Mon Dieu, c'est d'une telle impertinence de ma part de poser une telle question. Je ne sais vraiment pas ce qu'il convient de dire, beaucoup de choses sont nouvelles pour moi.

— En effet, a-t-il dit, confirmant son embarras.

Une bouffée de chaleur lui est montée le long du cou tandis qu'elle observait son apparence, ce matin. Il paraissait légèrement plus jeune... ou peut-être n'était-ce que l'expression de son désir de voir le meilleur en lui ?

— Monsieur le marquis, a-t-elle repris, je vous implore de me pardonner... je me jette à votre merci afin que vous oubliiez ma franchise et mon éclat inapproprié d'hier au soir.

— Certainement, a-t-il dit, et, pendant que Bertha attendait, elle s'est rendu compte qu'il n'ajouterait rien de plus. — J'ai donné une très mauvaise impression, je suis d'ordinaire bien mieux élevée et—

— N'y pensez plus.

— C'est un terrible travers à moi, a-t-elle dit. J'ai des accès d'honnêteté aux pires moments.

— Seigneur, a-t-il réussi à dire.

Attends. L'esprit de Bertha a vacillé. Il lui a pardonné ? Du moins, c'est ce qu'elle a cru qui venait d'arriver. *Est-ce que* cela venait bien de se produire ? Mieux valait vérifier, au cas où. — Je vous remercie, cher monsieur, d'être un hôte si magnanime.

Il a simplement hoché la tête, indiquant à Bertha que l'affaire était bel et bien close.

Cela lui a donné du courage pour parler plus librement. — J'espère vraiment que nous aurons des activités en plein air aujourd'hui. Il fera froid, mais le soleil est là.

— En effet. Et j'espère vivement que vous les apprécierez.

— Donc, nous allons sortir ? Quel délice. Ce n'est qu'à ce moment-là que Bertha s'est rendu compte qu'elle et le marquis avaient une véritable conversation. Elle était un peu guindée ; il semblait un homme de peu de mots. Quel dommage que Maman ne soit pas là pour voir à quel point elle *faisait des efforts*.

— Il y aura des jeux cet après-midi, dans les jardins, a-t-il dit.

— Oh, comme c'est charmant ! J'espère que le temps nous sera favorable. Vous verrai-je aussi aux jeux, ou bien seulement au dîner ? Voyez-vous, je... pardonnez-moi, je ne comprends pas très bien les usages de ces séjours à la campagne, et j'espérais que vous me prendriez... sous votre aile ?

Sa Maman aurait été si fière qu'elle ose une suggestion aussi *équivoque*. Si seulement elle était ici pour le voir !

Il l'a regardée avec douceur, mais au lieu de répondre à sa question, il a demandé tout autre chose. — Avez-vous besoin de rafraîchissements ? Je ferai envoyer cela dans vos appartements, si vous le souhaitez.

— Oh, mon Dieu, ce serait charmant. Mais ne vous dérangez pas, je vais trouver le majordome, ou quelqu'un.

Il a eu l'air sur le point de dire quelque chose puis il a laissé tomber. — Bonne matinée, alors.

Ils sont restés là, sans rien dire, quelques instants.

Soudain, Bertha s'est rendu compte qu'il la congédiait. — Oh, mon Dieu, vous allez devoir me pardonner encore, où sont donc mes manières ? Merci, et bonne matinée. Elle s'est tournée pour partir, puis s'est vite retournée pour ajouter : — Monsieur le marquis.

Désireuses de profiter du soleil pâle, et plus encore de secouer l'esprit agité de Bertha, Bertha et Maman ont fait un tour dans les jardins.

— Oh oui, cela me conviendra très bien, a dit Maman en regardant autour d'elle.

— Quoi donc ?

— Quand je viendrai te rendre visite, toi et les petits-enfants. Si les terrains sont aussi jolis en hiver, je ne peux qu'imaginer combien ils seront splendides en été. Je dois parler à la douairière de son logement. Elle restera, évidemment, mais je veux qu'elle me rassure sur le fait qu'elle n'interférera pas.

Bertha a dû serrer les dents pour empêcher un commentaire acerbe de jaillir. Maman, bien sûr, n'interférait pas du tout, oh non, pas le moins du monde. Elle ne voulait que le meilleur pour sa fille.

Bertha s'est rendu compte que la douairière pouvait se sentir inquiète de *sa* situation. — Veuillez rassurer la douairière que, si le marquis et moi nous nous marions, elle aura toujours un toit ici.

— Jusqu'à ce qu'elle se remarie, a dit Maman, puis elle a changé rapidement de sujet. — C'est très astucieux et prévoyant. Voyez ces jardins clos avec les arbres fruitiers ? Les murs de brique gardent la chaleur. Regardez, beaucoup ont encore des pommes et des poires sur les branches. Quelle productivité ! Oh oui, c'était décidément une bonne idée d'organiser ce séjour.

À l'oreille de Bertha, on aurait dit que Maman avait tout *organisé*.

Peut-être bien ?

Elles ont tourné au coin et ont trouvé Braddon, le majordome, en pleine discussion avec l'un des jardiniers.

— Oh, je suis vraiment désolée d'interrompre, a dit Bertha.

— Nous admirions simplement le potager, a ajouté Maman.

Braddon a affiché un large sourire et a fait un clin d'œil à Bertha.

Cette flirtation éhontée lui a retourné quelque chose dans le ventre.

Impossible !

Il fallait qu'il cesse d'être aussi familier avec les invités. Certes, Bertha ne connaissait peut-être pas toutes les règles régissant le personnel, mais elle était sûre que flirter avec des invitées venues courtiser leur employeur était absolument exclu.

Braddon a parlé comme si de rien n'était. — Voici le jardinier, Thomas ; il me transmet tout ce qu'il sait sur la culture destinée au domaine.

C'était charmant, certes, mais pourquoi un jardinier aurait-il besoin d'expliquer la nourriture au majordome ? Bertha n'y comprenait pas encore grand-chose et ne savait pas qui faisait quoi dans un endroit comme Hadlow Hall. Peut-être était-ce le bon moment pour apprendre. — Moi aussi, je voudrais beaucoup savoir comment fonctionne Hadlow Hall.

Maman a renchéri. — Ma chère Bertha ici présente a tapé dans l'œil du marquis, et il y aura un mar—

— Maintenant, Maman, ne nous emballons pas.

Un large sourire a éclairé le visage du majordome. Le jardinier regardait la terre à ses pieds et ne disait rien. Pourtant, à voir ses épaules tressauter, il paraissait gagné par l'hilarité.

— Quelque chose vous amuse-t-il ?, a demandé Bertha.

Braddon s'est éclairci la gorge dans sa main gantée. — Des allergies.

Au moins, il portait des gants aujourd'hui. Ils étaient en cuir souple et paraissaient magnifiquement faits, même à cette distance. Ce devait être une vieille paire du marquis.

Le jardinier a émis des bruits d'éternuement. — Le froid me chatouille le nez, madame.

À ce moment-là, un chat tigré brun a bondi sur le sommet du mur du jardin clos, sa queue fouettait. Les petits oiseaux voisins se sont mis à piailler bruyamment pour prévenir leurs congénères ; le tigré rôdait, ses dents claquaient d'anticipation. Les oiseaux se sont envolés à une distance plus sûre.

— Voudriez-vous une visite ?, a demandé le majordome. — Thomas était justement en train de me parler des variétés qui réussissent le mieux à cette époque de l'année. Nous avons quantité de pommes et de poires.

— Oui, et Cat tient les oiseaux à distance, n'est-ce pas, Cat ?, a dit Thomas. Il a tendu sa main burinée vers l'animal. Le chat s'est frotté le cou à ses doigts, puis a filé.

— J'aimerais beaucoup une visite, a dit Bertha, puis elle a frissonné parce qu'elle était restée immobile trop longtemps.

— Tiens, prends ma fourrure, a dit Maman en lui enroulant la peau autour du cou. — Nous ne pouvons pas te laisser attraper froid avant que le marquis ait l'occasion de te demander en mariage.

Le jardinier a éternué de nouveau.

— Et toi, Maman ?, a demandé Bertha.

— Je vais rentrer en chercher une autre. Apprends tout ce que tu peux sur le domaine, ma chérie, a dit Maman, puis elle est retournée à Hadlow Hall.

Le majordome a esquissé un sourire contrit. — J'apprends moi aussi autant que je peux sur le domaine.

Bertha n'a pas pu s'empêcher de sourire. — Alors, vous êtes *nouveau* à ce poste ?

— Je n'avais pas conscience d'avoir paru si crûment inexpérimenté ?, a dit Braddon.

Oh, il était assurément peu au fait, même sans compter les clins d'œil éhontés dans sa direction. Ce n'était pas pour autant que Bertha se sentait capable de le relever, car rien que d'y penser faisait naître une nouvelle rougeur sous son menton, prête à se répandre sur son visage à la moindre provocation. — Je n'avais aucune intention d'offenser. C'était simplement l'observation que vous avez peut-être été nommé majordome de Hadlow Hall tout récemment.

— Votre observation est juste. J'espère ne pas avoir été trop négligent dans mes fonctions.

Le jardinier a de nouveau éternué.

— Peut-être devriez-vous rentrer, mon bon monsieur, a

dit Bertha en s'adressant à Thomas. Vous semblez, vous aussi, attraper un coup de froid.

— Non, mademoiselle… enfin, madame… milady… Je vais vite me réchauffer dès que je me remets au travail.

— Veillez à vous ménager et rentrez, je vous prie.

— C'est fort aimable à vous, a dit le majordome. De vous soucier de la santé du personnel.

— Je n'aime pas voir qui que ce soit tomber malade ou souffrir, a dit Bertha.

— Ou bien cherchez-vous seulement à obtenir une audience privée avec ma modeste personne ?, a murmuré Braddon.

Cette chaleur piquante et familière menaçait d'éclore sur les joues de Bertha. — Ciel ! Peut-être la mettait-il à l'épreuve, pour voir si elle convenait vraiment au marquis, ou si elle tomberait aux pieds d'un bel homme — n'importe quel bel homme — qui lui faisait un compliment ? Redressant la colonne, Bertha a trouvé un nouveau sujet de conversation. — Malgré la saison peu clémente, les jardins paraissent productifs. Je vois ici une grande variété de choux. Et le chou-fleur est tout bonnement abondant.

— Aye, a confirmé Thomas. Ça cuit bien avec des panais et du lard.

Braddon a souri et a tendu la main. — Voudriez-vous une visite, Mademoiselle Bertha ?

Elle devait attendre le retour de Maman et a lancé un regard vers le domaine.

Comme s'il lisait dans ses pensées, Thomas a dit : — J'indiquerai la direction à votre maman quand elle ressortira. Puis il s'est remis à bêcher une plate-bande voisine.

Bertha a fait un aveu calculé. — Vous me faisiez des clins d'œil au dîner. Un majordome ne devrait pas se permettre cela envers une invitée susceptible d'épouser bientôt son maître.

Braddon a trébuché. D'abord, son expression indiquait qu'il allait nier, puis ses épaules se sont affaissées. — Il semble que vous ayez percé mon secret, a-t-il dit.

Bertha a rayonné. — Que vous avez été nommé tout récemment ? Oui, mais vous l'avez vous-même confirmé. Une assurance nouvelle la réchauffait. Ils commençaient enfin à se rapprocher.

Braddon a paru interloqué. — Ah, oui, évidemment.

Bertha s'est arrêtée. — Ce n'est pas un secret du tout. Tous les invités savent à quel point cette réception a été organisée à la hâte, et à quel point le personnel a été rassemblé récemment. Nous tournons en rond.

Braddon a acquiescé et a détourné le regard.

Il se passait ici quelque chose d'étrange. — Il y a un autre secret. N'est-ce pas ?, a demandé Bertha.

— Quoi ? Bien sûr que non.

Ragaillardie, Bertha a tenté sa chance. — Qu'est-ce qui ne va pas… ?

— Il n'y a rien qui cloche chez le marquis, je vous le garantis, a dit Braddon.

— Voilà un aveu étrange. Comment sauriez-vous si c'est vrai ou non, vous qui êtes si nouveau dans la fonction que… Bertha s'est interrompue. La couleur a quitté son visage. Elle a vérifié les alentours. Ils étaient tout à fait seuls.

— Tout va bien, a dit Braddon soudainement.

— C'est vous.

— Qu'est-ce que vous... ?

— Vous êtes lui !

— Parlez moins fort, je vous prie.

— Vous m'avez fait un clin d'œil, exprès, comme pour vous moquer à mes dépens.

— Je n'aurais pas dû, c'était inconvenant de ma part. Je vous prie de me pardonner, Mademoiselle Collingwood.

— À présent, vous vous réfugiez dans la formalité, Monsieur le marquis ? Le sang battait aux tempes de Bertha.

— Vous êtes le marquis, n'est-ce pas ? Pas le vieux tout fripé... oh, mon Dieu, c'est lui le majordome, en fait. Voilà pourquoi il comptait l'argenterie. C'est ce que fait un majordome !

Les pièces du puzzle se sont emboîtées ; tout a soudain pris sens.

— S'il vous plaît, ne dites rien. Je vous en conjure. Le marquis de Hadlow a saisi Bertha par les épaules. Ses yeux ont fouillé son âme. Des yeux si envoûtants, si beaux.

Braddon — non — ce n'était plus son nom. Le marquis a dit : — Je vous en conjure, gardez votre découverte pour vous.

— Mais... Malgré la fraîcheur, une chaleur l'a envahie des pieds à la tête. — Je vous ai dévoilé mes projets. Je vous ai dit que je souhaitais me rapprocher du marquis, sans me douter que je m'adressais directement à lui. J'ai été bien sotte de parler avec tant de franchise. Quelle grande catastrophe.

— Non, Mademoiselle Collingwood, ce n'est pas une catastrophe. C'est une aubaine.

— Comment donc ?

— Nous pouvons parler sans éveiller les soupçons, et c'est un excellent résultat de cette supercherie. Par exemple, si les mamans là-bas connaissaient ma véritable identité, je n'aurais pas une minute de répit devant leurs manigances.

— C'est à votre avantage, a dit Bertha. Pas au *mien*. Je vous ai dit que ma mère a déjà obtenu une licence spéciale. Vous devez nous prendre pour des sots.

— Seriez-vous peinée d'apprendre que votre mère n'est pas la seule à avoir entrepris cela ?

— Je... pardon ? Alors elles étaient toutes dupes. Et elles couraient après le mauvais homme.

— Il y a ici au moins trois jeunes demoiselles dont les mères ont ourdi la même chose. Chacune se croit plus fine que les autres.

— Vous vous amusez, a dit Bertha d'un ton d'accusation.

— Pas le moins du monde. En cet instant précis, j'ai besoin de votre discrétion et de votre sagesse. Des yeux sont braqués sur nous et, si votre comportement change soudainement, cela éveillera les soupçons.

Le cœur battant aux oreilles, Bertha a tourné la tête vers la plate-bande la plus proche et l'a montrée du doigt. — Des choux.

— C'est ainsi que les dames disent, à présent, pour...

— Qui poussent ici. Ce sont des choux. Et à côté, du céleri, et je crois que les fleurs plantées entre les rangs sont des œillets d'Inde.

Ils tournaient à présent le dos aux fenêtres du manoir ; ainsi, si quelqu'un regardait, il ne verrait pas à quel point le visage de Bertha était écarlate. La chaleur qui l'embrasait pouvait alimenter les châssis de la serre à cet instant. — Pourquoi vous et le marquis... non... vous *êtes* le marquis. Pourquoi avez-vous échangé vos places avec le majordome ?

En baissant la voix, Braddon a dit : — Voici Thomas.

Bertha aussi a baissé d'un ton. — Il n'est pas au courant de votre supercherie ?

— Personne parmi les domestiques ne l'est, à part Braddon, mon fidèle serviteur. Je me trouve maintenant à votre merci pour que vous continuiez à garder le secret.

Bertha a rayonné intérieurement. — Alors vous devez cesser de me faire des clins d'œil, car c'est cela qui m'a d'abord alertée sur votre manque d'aptitudes de majordome.

— Je dois m'excuser de cet écart. Parfois, la lumière des bougies est trop vive et je ne suis pas... peu importe. Nous n'avons pas loisir de parler. Puis il s'est éloigné de Bertha en direction du jardinier et il a élevé la voix. — Travail remarquable, ici, avec les choux et les œillets d'Inde. Le marquis est ravi de la productivité. Les hommes se sont éloignés vers un autre bâtiment du jardin, et Bertha n'a plus été en mesure de distinguer leur conversation.

Maman est apparue, portant un manteau plus chaud. — As-tu appris quelque chose au sujet du marquis auprès du majordome, ma chérie ?

— Un peu, a dit Bertha.

— Je t'en prie, raconte-moi tout, une fois que nous serons bien au chaud à l'intérieur. Je souffre tellement du froid, ces temps-ci.

La confusion tourbillonnait. Comment pouvait-elle expliquer tout cela alors qu'elle peinait elle-même à y voir clair ? Le marquis lui avait demandé sa discrétion. Elle la lui accorderait, du moins pour l'instant.

Mais pour combien de temps ?

Après deux ou trois faux départs, pendant lesquels sa

mère a soufflé encore plus fort pour souligner son impatience, Bertha s'est décidée pour : — Il n'y a pas grand-chose à dire, sinon que le majordome et le marquis sont l'un et l'autre si nouveaux dans leurs rôles qu'ils savent à peine quoi faire.

— C'est excellent, parce que vous pourrez apprendre ensemble.

Bertha a dû rester dehors dans le vent frais jusqu'à retrouver son équilibre. — Maman, je me découvre une étrange fascination pour ces jardins. Je vais rester pour me familiariser avec le domaine. Rentrez donc et réchauffez-vous.

Sa mère a fait une petite moue en réponse. Puis elle a claqué de la langue, bien fort. — Les jeunes, aujourd'hui, ils veulent tout faire autrement. Je ne sais pas où va le monde.

— Te voilà qui exagères encore, dit Bertha en tapotant malicieusement le coude de Maman. — Je ne voulais pas dire que tu devais partir si brusquement, nous devrions faire un tour dans les jardins tant que le temps reste clément. Qui aurait cru que les plates-bandes puissent être si productives à cette froide saison ?

Beaucoup de plates-bandes avaient des cloches pour garder la chaleur, et une autre semblait remplie de sable plutôt que de terre. — Celui qui s'en occupe est bel et bien talentueux. Je crois bien que ce sont...

Maman a bâillé bruyamment. — Ma chérie, tu t'emploies trop à impressionner la mauvaise personne. Rentre te mettre au chaud, où les dames encouragent le marquis à se joindre à elles pour le thé.

Parfait : cela voulait dire que le majordome cacochyme se trouvait quelque part à l'intérieur du domaine, et que le vrai marquis était ici, dans les jardins. — Je ferais bien d'aller dire au majordome de se mettre au service de son maître, a dit Bertha en guise d'adieu.

Sa mère a de nouveau fait claquer sa langue et s'est éloignée d'un pas décidé vers Hadlow Hall, tandis que Bertha est partie dans l'autre direction. En chemin, elle a dépassé un autre petit bâtiment aux vitres embuées. Elle était presque sûre qu'on appelait cela une couche chaude. Que pouvaient-ils y cultiver ? Alors qu'elle atteignait la porte, elle a entendu un cri aigu et une inspiration suffoquée. Puis un sanglot convulsif. Tout à fait étrange. Quelqu'un souffrait-il ? Elle a tendu la main vers la porte et a vu la silhouette de deux personnes. Il était difficile de distinguer leurs visages, mais c'étaient bien deux personnes, l'une une femme avec les jupes relevées jusqu'au ventre, et l'autre était... grand ciel, c'était une autre femme, agenouillée devant elle !

Bertha est restée figée de stupeur et d'étonnement, a retiré sa main de la poignée et a espéré de tout cœur que la buée sur la vitre était assez épaisse pour dissimuler son identité.

Décidément, elle n'était pas la seule ici à avoir des secrets.

Sa stupeur s'est vite changée en soulagement calculé. À être parfaitement mercenaire, cette découverte signifiait deux cœurs de moins en lice pour celui du marquis.

Elle est partie d'un pas vif dans une autre direction, jusqu'à ce que quelqu'un l'appelle par son nom. Une voix masculine. — Quelque chose vous a-t-il effrayée ?

C'était le majordome. Non, pas le majordome, le marquis *prétendant* être le majordome. Cela devenait ridiculement confus.

— Je continuerai à vous appeler Braddon, même si ce n'est pas votre nom. Le vrai majordome qui se fait passer pour vous est sur le point d'être pris d'assaut et supplié de prendre le thé avec le reste des dames. Elle s'est rappelé ce qu'elle venait de voir et s'est corrigée : — La plupart des dames.

— Vous n'y serez pas ? a-t-il demandé.

— Stop, a-t-elle dit en secouant la tête. — Ce que je veux dire, c'est que vous devez être là-dedans.

Il n'a fait aucun geste pour tirer son vieux serviteur d'affaire. — Non, je ne dois pas, c'est précisément pour cela que nous avons échangé nos rôles. Pour que ces dames, avec leurs fanfreluches et leurs couches de dentelle, ne se jettent pas sur moi.

— Si vous ne vouliez pas être parmi les invités, vous auriez dû échanger avec le personnel extérieur. Ou, à tout le moins, avec un écuyer. L'absence d'un majordome à la réception sera remarquée et commentée.

— J'en doute. Je n'existe pas pour elles.

— Au contraire. L'absence des membres clés du personnel et le manque d'attention aux détails seront remarqués. C'est le signe d'un domaine mal géré. Après tout, si moi je l'ai remarqué, elles le remarqueront, et alors votre petit jeu fantasque se défera.

Il a secoué la tête comme s'il allait continuer à la contredire. Puis il s'est arrêté. — Je suis marquis, vous savez, je fais bien ce qui me plaît, bon sang.

— En effet.

Il lui a adressé un large sourire, ce qui a provoqué un petit émoi dans sa poitrine.

Il a poursuivi : — Vous me traiterez avec le respect qui m'est dû.

Bertha a esquissé un sourire de conspiratrice. — Un

marquis qui se fait passer pour un majordome, et qui ne veut pas que l'on sache qu'il est marquis... recevra le respect qui lui est *véritablement* dû.

Il a renversé la tête en arrière et a ri vers le ciel. Comme il se retournait pour regarder à nouveau Bertha, quelque chose derrière elle a attiré son regard.

Bertha s'est retournée pour voir ce qu'il regardait. Deux dames sortaient des couches chaudes.

Le marquis a dit : — Je me demande ce qu'elles cherchaient là-dedans ?

— Ne les laissez pas nous voir. Bertha lui attrapa la main et le tira vers une remise à rempoter. — Je veux dire, vous.

Elle s'est reprise aussitôt. Aussitôt, elle a lâché sa main. Qu'avait-elle donc à poser ainsi les mains sur sa personne ?

— Je vous prie de m'excuser.

— Mlle Collingwood, nul besoin de vous excuser.

Il a cherché sa main et l'a gardée dans la sienne. Ses articulations portaient d'anciennes cicatrices.

— Comment avez-vous eu cela ? Elle en a tracé les lignes du pouce. — Et pourquoi diable ne portez-vous plus de gants ? Vous les aviez il y a un instant ?

Il a poussé un profond soupir. — La campagne de France. Il est toujours préférable de monter sans gants : on maîtrise mieux les rênes et le cheval qui tenait mon sort. J'ai pris l'habitude de ne pas en porter.

— Vous étiez à Waterloo ?

Il a hoché la tête, mais n'a rien ajouté.

— Sur un point, vous avez raison, a reconnu Bertha. — Prétendre être le majordome vous gardera à l'abri plus longtemps. Si les dames à l'intérieur savaient que vous êtes le vrai marquis, et un héros de guerre par-dessus le marché, elles vous dévoreraient tout cru. Vous souhaiteriez vous retrouver sur les champs de bataille.

— De toute évidence, vous voyez mon dilemme ?

— Hélas, oui. Mais voyez-vous aussi le mien ? Mon exclamation, hier soir au dîner, a passablement montré mon jeu.

— Cela a montré votre honnêteté, vous voulez dire. Les autres jeunes dames regardaient mon serviteur comme un spécimen de choix. L'homme peinait à se nourrir lui-même tant ses mains tremblaient, et pourtant elles ont complètement passé outre parce qu'elles le croyaient marquis.

Bertha a laissé échapper un petit rire. — J'imagine bien qu'être jaugé par une salle pleine de débutantes à marier et de mères ambitieuses ferait trembler n'importe quel homme. Mais c'est un jeu inéquitable que vous jouez, aux dépens des dames.

La voie étant libre, ils ont repris leur promenade à travers les plates-bandes, s'arrêtant pour savourer le parfum des herbes qu'elle écrasait entre ses doigts. La menthe poussait à l'état sauvage, nul besoin de l'économiser, mais il y avait aussi une belle quantité d'estragon. Elle caressait les feuilles, libérant leur fragrance.

— J'ai menti tout à l'heure, j'ai bel et bien cligné de l'œil, a-t-il avoué.

— Je le savais ! Pourquoi m'avez-vous courtisée avec une telle désinvolture ?

— Parce que vous aviez jaugé le vieil homme et je voulais savoir si l'on pouvait vous détourner.

Bertha a laissé tomber l'estragon. — De quelle manière ?

Elle sentait que la conversation était sur le point de tourner au vinaigre.

— J'avais besoin d'établir si vous épouseriez le marquis pour le seul titre et, puis, une fois qu'il serait mort, trouveriez vos propres... ah... divertissements.

Comment osait-il l'insulter ainsi ? — Je... pardon... on ne parle pas ainsi aux dames, milord, c'est du plus mauvais ton. Avec une telle accusation, vous insultez chaque dame sous votre toit.

À cet instant, Maman a débouché au détour de l'allée et a poussé un cri étouffé. — Oh mon ciel ! Bertha, éloigne-toi du majordome immédiatement. Tu n'es pas venue ici pour avoir une liaison avec le personnel !

4

Le soleil filtrait faiblement par la fenêtre tandis que les femmes de chambre ouvraient les rideaux le lendemain matin. Une légère neige était tombée sur les jardins, mais les lourds nuages s'étaient depuis longtemps dissipés, laissant tout saupoudré d'une couche de magie. La lumière, basse dans le ciel, rebondissait sur la blancheur intacte. C'était si éclatant que Bertha a dû se protéger les yeux, bien qu'il n'y eût aucune chaleur.

Il était temps de paraître au petit-déjeuner et de rejoindre la compagnie.

Dans la salle du petit-déjeuner, elles ont trouvé plusieurs gentlemen et le majordome affublé des atours du marquis qui bavardaient aimablement des activités possibles. Bertha aimait les usages bien plus décontractés du petit-déjeuner. On se sert à son gré sur les buffets, pas de règle quant à la place où s'asseoir ni à la personne à qui parler. Elle et Maman se sont assises et ont mangé, tandis que les messieurs bavardaient entre eux.

Il était si étrange que les dîners soient d'une telle formalité, et pourtant que les petits-déjeuners soient plutôt une sorte de foire d'empoigne. Peut-être parce que la plupart des dames s'occupaient de leur correspondance habituelle et n'étaient pas encore descendues ?

Avait-elle encore commis un impair ? Personne ne poussait de cris ni ne la chassait de la pièce, donc Bertha a supposé que non. Cela lui paraissait tout de même étrange que, si le but de leur présence à cette réunion de maison était de s'assurer un mari ou de nouer des relations — comme sa famille l'espérait ardemment —, pourquoi les autres dames n'étaient-elles pas ici au petit-déjeuner, en train justement de s'assurer des maris et de nouer des relations ?

Une femme de chambre est entrée dans la pièce, a entassé des toasts et des confitures sur une assiette, puis a posé l'assiette sur un plateau. Ensuite, elle a ajouté une théière et une tasse avec sa soucoupe sur le plateau, puis a posé une cloche par-dessus et est sortie.

Sans doute pour l'apporter à sa maîtresse.

C'était peut-être ce que Mary et Maman devaient faire. Les messieurs conversaient encore, mais à voix exceptionnellement basse, de façon à ne pas être entendus.

C'était une chose que d'étudier les règles, telles qu'elles étaient énoncées. Bertha ne se vantait pas quand elle reconnaissait à quel point elle était bonne élève. Elle a appris les règles et elle les a appliquées.

Mais comment apprenait-on les règles *non écrites* de la société ?

Même le livre de Wollstonecraft qu'elle adorait n'avait pas de réponse à cela.

Elle a entamé son œuf et a siroté son chocolat, en ruminant l'injustice de tout cela, quand le plus merveilleux des événements s'est produit. Le majordome-marquis s'est assis avec une assiette de victuailles, à moins de deux places d'elle ! Assurément à portée de conversation, bien qu'une chaise vacante se trouvait entre eux. Elle ne cherchait pas à le séduire, même s'il était le vrai marquis. Elle souhaitait seulement faire comprendre qu'en aucune façon elle ne cherchait à le compromettre.

Et puis Maman, sous prétexte d'aller se resservir du café, s'est carrément levée et a enlevé la chaise entre elle et le majordome-marquis. Elle a posé le siège près du feu et a appelé un autre des messieurs pour non seulement lui servir un café, mais aussi venir s'asseoir près du feu et lui tenir compagnie un instant !

Trop poli pour refuser, l'homme nommé George Wellingbourne a apporté la cafetière et a rempli la tasse de Maman. Puis il a tiré une chaise et s'est assis !

Maman lui a adressé un large sourire et a cligné des yeux plusieurs fois.

Est-ce qu'elle... coquetait avec lui ! Franchement, Maman !

Le majordome s'est tourné vers Bertha et a demandé :

— Comment trouvez-vous le Surrey, Mlle Collingwood ?

— C'est vraiment ravissant, a-t-elle dit.

Puis elle s'est soudain souvenue d'ajouter, pour entretenir la fiction qu'il était en réalité le marquis :

— Milord.

Il l'a remarqué. Une expression de stupeur a parcouru son

visage. Il fallait se concentrer pour la voir, et Bertha était sûre qu'elle seule l'a vue, mais elle l'a bel et bien vue.

D'une voix basse, elle s'est penchée vers lui et a dit :

— Milord, votre secret est bien gardé avec moi.

Hélas, elle s'est penchée trop près. Leurs chaises, placées à une telle distance, étaient plus éloignées que d'ordinaire autour d'une table. Maman, qui passait justement par là, a fait basculer par mégarde la chaise de Bertha d'un rien vers lui.

Bertha a basculé en avant, incapable de s'arrêter. Elle a jeté les bras en avant pour amortir sa chute. La gravité l'a entraînée plus près du faux marquis.

D'une façon ou d'une autre, sans aucune faute de sa part, son corps a heurté le sien, et son visage a rencontré le sien.

Tout le monde dans la pièce a poussé un cri de surprise en voyant Mlle Collingwood et Lord Hadlow dans une étreinte soudaine.

— Oh, ciel ! s'est écriée Maman, je ne me doutais pas que le marquis avait un tel faible pour ma chère Bertha, au point de jeter toute bienséance aux orties de la sorte !

Bertha s'est dégagée du pauvre serviteur, qui paraissait aussi décontenancé et gêné qu'elle.

— Maman, je t'en prie, ce n'est pas ce qui s'est passé. J'ai seulement perdu l'équilibre.

— Mais ma chérie, il y a tant de témoins ! Il n'y a plus qu'une seule façon pour que cela se termine, évidemment. Heureusement que j'ai obtenu la licence spéciale !

À ce moment-là, l'homme vêtu en majordome, mais qui était en vérité le véritable marquis, est entré dans la salle du petit-déjeuner.

— Qu'est-ce que tout cela ?

Bertha a imploré le Seigneur de faire disparaître cette scène affreuse. Mais pareille chance ne se présentait pas.

— Tout cela est un malentendu, aucun mal n'est fait.

Elle a essayé encore.

— Peut-être pourriez-vous aider le marquis à retrouver sa dignité, et lui apporter des vêtements propres, car sa tenue actuelle semble couverte de chocolat chaud.

Maman n'en démordait pas :

— Ma Bertha, on t'a offensée, je ne le tolérerai pas, pas avec tant de témoins. Nous avons tous vu ce que nous avons vu.

Il était temps pour Bertha de laisser son petit-déjeuner, même si elle préférait manger un autre œuf, tant ils étaient cuits à la perfection. Elle s'est levée et a dit à l'assemblée :

— Messieurs les lords, messieurs, je vous prie de pardonner ce contretemps. Je vous en prie, ne laissez pas ce qui vient de se passer ternir l'opinion que vous avez de ma chère Maman ni de moi-même. Je... je sens un mal de tête arriver, et je dois me retirer. Bonjour à vous tous.

En quittant la pièce, elle a croisé le « majordome » et lui a lancé un regard dont elle espérait qu'il le comprendrait ainsi : « Votre secret est bien gardé avec moi, mais votre véritable majordome n'est peut-être pas à l'abri de Maman. »

5

Le soleil, quoique faible, brillait vivement le lendemain. L'occasion parfaite de s'adonner à un pique-nique. À condition que les couvertures soient assez épaisses et que chacun s'habille chaudement.

Bertha a mis tout ce qu'elle avait de plus chaud pour se joindre aux « agréments » au dehors. Cela lui semblait incroyablement saugrenu de s'aventurer dehors à cette époque de l'année, mais le marquis estimait qu'ils devaient se livrer à une « Chasse aux trésors ».

Les dames et les messieurs ont été répartis en quatre groupes, deux groupes d'hommes, deux de femmes. L'esprit de compétition de Bertha s'est réveillé quand elle a lu la liste des « trésors » à trouver.

Cela a commencé dans la serre à ananas, ce qui a ravi tout le monde. Quelle merveilleuse façon de profiter du dehors, même s'ils étaient ceinturés de murs et que le toit formait une coupole de verre. Si agréable et si chaud. Et baigné de lumière.

Ici, des planches surélevées portaient des fruits, même en

hiver. Il y avait des orangers, avec de gros fruits verts loin d'être prêts à être cueillis. Mais cela importait peu, car elle a repéré aussi un citron vert — quoique, à bien y réfléchir, en quoi les citrons verts paraissaient-ils différents des oranges à cette saison ?

Et puis elle l'a vu, le premier indice sur une liste d'objets précieux.

Quelque chose pour lequel on se languit.

C'est ainsi que la serre à ananas prenait son nom. Le marquis faisait pousser de véritables ananas. Des denrées des tropiques, cultivées ici, dans le sud de l'Angleterre ! Bertha connaissait des récits d'exploits semblables accomplis par un duc en Écosse, mais elle ne l'a jamais constaté de ses propres yeux.

Les dames du groupe de Bertha ont poussé des exclamations devant les hautes touffes hérissées posées dans leurs pots, profondément calées dans des morceaux d'écorce. Là, au milieu de chaque nid de feuilles, poussaient les plus petits, les plus adorables des ananas. Entièrement verts et pas du tout prêts à être cueillis, comment pouvaient-elles apporter l'objet au marquis sans le détruire ?

— Devons-nous le soulever, pot compris ? a demandé Katherine.

— Cela abîmerait peut-être les racines ? Je ne voudrais pas les déranger, a dit Mary.

Katherine y a réfléchi.

— Nous allons salir nos vêtements.

Bertha a suggéré :

— Je me soucie surtout de m'entailler le visage avec ces feuilles piquantes.

— On pourrait ramasser une pomme de pin à la place ? a dit Mary.

Ah oui, mais cela signifiait affronter le vrai temps de dehors, plutôt que cet espace protégé. N'y avait-il pas un autre moyen ?

Le pied d'ananas était si piquant, défendant son précieux bébé au centre, qu'elles n'osaient pas l'approcher de peur de s'entailler la peau ou d'accrocher leurs vêtements.

— J'ai trouvé, a dit Katherine. — Celui pour qui nous nous languissons, c'est le marquis ; attrapons-le !

Les autres dames ont acquiescé sans hésiter et se sont élancées vers le centre de l'aire de pique-nique, en pouffant à l'idée de leur cible.

Elles ont saisi le gentilhomme âgé qui se tenait à côté du vrai marquis et se sont déclarées championnes de la découverte du premier indice.

— Nous déclarons que nous nous languissons de vous, Milord ! a dit Katherine.

Bertha a lancé un regard timide au marquis déguisé en majordome et a reçu en retour un clin d'œil. Elle a rougi.

Les autres équipes se sont élancées dehors et ont ramassé une brindille d'aiguilles de pin, et les hommes se sont surpassés et ont arraché un jeune pin entier, racines comprises. Ils se sont congratulés comme s'ils venaient d'abattre un mammouth des temps anciens.

Le défi suivant exigeait de trouver « Quelque chose qui mérite des applaudissements ».

C'était plus déroutant. Qu'est-ce qui apportait de l'allégresse ? Les dames se sont creusé la tête un peu plus longtemps.

Portées par leur succès avec le « languir », Katherine a proposé d'attraper de nouveau le marquis. Mais alors le marquis — ou du moins son majordome — a déclaré qu'il fallait que ce soit différent à chaque fois.

Elles ont passé si longtemps à débattre de ce qu'elles pourraient trouver à acclamer que les messieurs du groupe les ont devancées sans peine. Ils ont découvert de la bière qui fermentait dans des cuves et se sont servi deux chopes. Quand ils sont revenus, ils ont levé leurs chopes et ont acclamé leur bonne fortune.

— Oh, flûte, a dit Bertha, en détestant cette étrange colère nouvelle qui la traversait. Qui aurait cru qu'elle était si compétitive, après tout ?

Elles devaient gagner l'épreuve suivante. Même s'il n'y avait pas de prix. Ah, mais ensuite, elle s'est rendu compte qu'il y avait bien un prix — il devait s'agir de montrer au marquis, le vrai, combien elle était futée. Il ne voulait pas d'une épouse minaudière qui approuverait tout ce qu'il dirait. Il voulait quelqu'un qui pourrait le défier de temps en temps. Quelqu'un qui saurait penser par elle-même.

Ou du moins, elle l'espérait. Sinon, toute cette démarche ne servirait à rien.

Leur troisième indice : quelque chose de modeste.

Oh, quel indice sournois. Comment pouvait-on être modeste tout en voulant gagner cette épreuve ? Si l'on se déclarait modeste, n'était-ce pas déjà se vanter, et par conséquent annuler toute modestie ?

— Mesdames, que devrions-nous faire ? a dit Katherine.

— Quelque chose de modeste, a dit Elizabeth en réfléchissant.

— C'est un piège, a dit Bertha. Réfléchissons à quelque chose d'astucieux. Il veut nous embrouiller. Mais nous allons l'emporter.

— Et la terre ? a dit Katherine.

Parbleu, elle avait raison ! — C'est brillant, Katherine ! La terre, c'est l'idée parfaite. Et nous en sommes entourées. Excellente réflexion. Maintenant, comment la présenter ?

Elles ne pouvaient pas plonger leurs mains dans la terre sans se salir outre mesure. Et pourtant, la terre devait être la bonne réponse.

Les messieurs acclamaient quelque chose qu'ils avaient trouvé dehors. Oh là là, les dames manquaient de temps.

— Katherine, joignez vos mains comme ça. Bertha a mimé un geste en coupe. Elle a aperçu une petite truelle, s'en est servie pour prélever un peu de terre du massif et l'a versée dans les mains de Katherine.

— Oh non, je ne peux pas ! a dit Katherine. Laissez-la sur la truelle. Nous allons toutes devenir terriblement sales.

— Mais la truelle est bien trop décorative. Pour la modestie, il faut que ce soit dans nos mains, a dit Bertha. Elle a enlevé ses gants et a demandé à Elizabeth de verser la terre dans sa paume en coupe. Un ver s'est tortillé dans la terre au creux de la main de Bertha.

— Oh ! a couiné Katherine. Je vais peut-être m'évanouir.

— Non, tu ne vois pas ? Bertha a rayonné. — C'est parfait ! Un ver modeste. C'est la créature qui travaille le plus. Les bons jardins ont besoin de vers pour prospérer. Je l'ai lu dans la gazette de mon père.

— Votre père est dans le commerce ? a demandé Katherine.

— En effet. Et j'ose dire qu'il a fait une « modeste fortune » dans le commerce des gazettes.

Avançant avec précaution pour ne pas déranger la terre et le ver, elles sont allées vers le marquis et son majordome. Les messieurs se sont engouffrés et les ont doublées, avec leur découverte « modeste », et les ont devancées sur la ligne d'arrivée.

— Zut !

Elles ont perdu, après tout.

Mais ho, le marquis a déclaré que foncer en tête et rayonner d'orgueil n'étaient pas du tout modestes, et il a infligé une pénalité aux messieurs. Cela donnait l'impression qu'il inventait les règles au fur et à mesure. Tant pis : sa réception, ses règles.

Bertha a avancé.

— S'il vous plaît, milord, puis-je vous présenter une motte de terre modeste ?

— C'est en effet modeste, a dit le faux marquis. Il a tendu une assiette et Bertha y a déposé la terre. À ce moment-là, le ver est apparu, se tortillant et fouettant l'air à découvert. — Et plus modeste encore que la terre, voici la créature qui y vit, travaillant sans relâche sans aucune récompense. La plus modeste des créatures de Dieu, le ver.

— Bien joué, Mesdames, bien joué en vérité, a dit le faux marquis. — Je déclare que les dames ont gagné.

Les messieurs ont accepté la défaite avec grâce, ont applaudi leur ingéniosité et les ont félicitées.

De retour à l'intérieur, les dames se sont retirées dans leurs chambres et les messieurs se sont livrés à ce que des messieurs font lors d'une réception quand ils sont libres de faire ce qu'ils désirent.

Après tant d'efforts, Maman a enjoint à Bertha de prendre un bain. Elle a fait porter des seaux d'eau chaude jusqu'à la baignoire par les femmes de chambre.

Maman a versé des huiles parfumées dans l'eau, et cela sentait délicieusement bon.

— Tu as très bien fait aujourd'hui. J'étais entièrement fâchée contre toi après le petit-déjeuner, quand tu as contredit mes assertions. Mais je vois maintenant que tu as un meilleur plan pour conquérir le marquis. Je voudrais seulement que tu te dépêches d'assurer sa main.

L'eau chaude et parfumée apaisait Bertha. Sa mère lui mettait parfois les nerfs à rude épreuve.

— Maman, que fait-on d'autre dans ces réceptions à la campagne, à part manger et jouer ?

— Jouer, c'est justement tout l'intérêt. Aujourd'hui, le marquis mettait à l'épreuve ta détermination, ton ingéniosité, ton être même. Je me suis vraiment régalée à te voir résoudre les énigmes. Tu as brillé, ma chère. Même à l'épreuve de la modestie. J'ose le dire, j'espère que tu as vraiment gagné ton diadème.

Oui, le diadème. C'était bien pour cela qu'elle était ici. Eh bien, elle avait fait ce qu'il fallait, mais bien sûr, sa mère n'avait aucune idée de ce qui se passait réellement. Dans un moment de folie, Bertha a eu l'idée de dire à sa mère qui était le vrai marquis. Puis elle y a renoncé. À quoi bon gâcher l'amusement ? Elle savait qui était le vrai marquis, et c'était tout ce qui comptait. Et si elle le disait à sa mère, sa mère ne manquerait pas d'exposer le faux marquis et d'exiger que le vrai se révèle.

La voie de Bertha était la bonne. Elle leur offrait, à elle et au vrai marquis, l'occasion de mieux se comprendre, au lieu de se précipiter pour se faire passer la corde au cou par le pasteur.

Et les autres jeunes femmes et leurs mères pouvaient faire autant les yeux de biche qu'elles voulaient au vieux majordome chancelant.

Elle ne trouvait toujours pas cela juste pour les autres jeunes femmes, toutefois. Elles visaient le mauvais prix.

Devait-elle le leur dire ?

La haïraient-elles ou la remercieraient-elles pour l'information ?

Plus la comédie durait, plus il serait difficile de révéler le vrai marquis. Elle ne devrait pas faire lanterner les autres de la sorte. Elles méritaient de savoir, elles aussi, n'est-ce pas ? Ainsi, elles aussi pourraient apprendre à le connaître convenablement et décider par elles-mêmes si elles feraient un bon parti avec lui.

L'eau chaude détendait ses muscles et elle se sentait se relâcher. Elle devrait vraiment dévoiler le secret du marquis. Et pourtant... elle n'arrivait tout simplement pas à s'y résoudre.

Autre chose lui rongeait la conscience... En vérité, elle n'en avait pas envie.

Oh là là. La réalité lui a sauté aux yeux. Elle voulait le vrai marquis pour elle toute seule !

Les messieurs étaient à la chasse ou... faisaient ce que font les messieurs lors d'une réception d'hiver. Bertha était assise à la bibliothèque en fin d'après-midi, près du feu pour sa chaleur et sa lueur, afin de pouvoir lire l'un des livres de sa chambre.

C'était assez charmant de voir le personnel apporter le thé quand elle sonnait, mais le reste du temps elle était parfaitement seule et pouvait savourer cette quiétude passagère.

Après tout, c'étaient peut-être les derniers instants de paix avant que sa vie ne passe du monde de ses parents à celui de son futur mari. Les autres jeunes femmes, leurs mères et leurs chaperons se trouvaient ailleurs, peut-être dans leurs chambres, à prévoir leur tenue du dîner.

D'une porte latérale, elle a entendu des pas.

— C'est bon, je n'ai pas... a-t-elle commencé, puis elle s'est arrêtée. Ce n'était pas une femme de chambre avec une autre théière. C'était le marquis, à nouveau vêtu en majordome.

— Je me doutais que je vous trouverais ici, a-t-il dit, un

sourire mutin aux lèvres. — Certaines des autres dames prennent le thé. Mais pas vous.

— Je me livre à cette habitude si déplorable des femmes modernes ; la lecture.

— Comment la société s'en sortira-t-elle si les femmes continuent à s'instruire ainsi ?

Malgré l'interruption, un sourire est venu effleurer ses lèvres.

— J'aime tellement lire.

Allait-il saisir l'allusion et la laisser à sa lecture ?

— Moi aussi, a-t-il dit, en prenant place tout près et en répondant clairement par la négative à sa question inavouée. Il n'allait pas la laisser seule.

Il a déployé une gazette et Bertha a reconnu la publication de son père.

— Voyons quels scandales se déroulent aux tribunaux, voulez-vous ?, a-t-il proposé.

— Oh oui, allons-y, a-t-elle acquiescé sans hésiter.

Elle a glissé un bout de papier à la page où elle en était et a refermé son livre, puis elle a reporté toute son attention sur le marquis.

— Quelles sont les dernières nouvelles au sujet de notre roi et de ce besoin de nous débarrasser de notre reine Caroline ?

— Vous en savez peut-être plus que moi, puisque vous êtes dans la confidence des détails.

— Je vous assure que non. Je ne sais que ce qui est imprimé, pas ce qui ne peut pas l'être. Et de toute façon, le roi ne devrait sûrement pas poursuivre un divorce en cette période la plus sainte de l'année, n'est-ce pas ?

— De quel côté êtes-vous donc, ma chère, du Roi ou de la Reine ?

— Naturellement, je prends le parti de la reine Caroline. Même si, pas une seconde, je n'approuve sa conduite.

— Vous voudriez défendre une étrangère contre notre roi de naissance ?

Bertha a souri au défi contenu dans sa question.

— Le débat est animé, et l'avenir du pays est en jeu. Et oui, ce sujet même fait les affaires de l'entreprise de ma famille. The Caller est notre feuille de nouvelles et elle est très recherchée dans les cafés de tout Londres. Et vous-même en avez un exemplaire. Pour moi, la question centrale, c'est que le roi, quel qu'il soit, ne devrait pas congédier sa femme par convenance. Cela créerait un précédent détestable.

Puis elle s'est souvenue de ses leçons d'histoire.

— Enfin, je veux dire, cela créerait un autre précédent détestable. Nous savons tous ce qui est arrivé la dernière fois qu'un monarque a cherché à divorcer.

— C'est vrai, c'est vrai, a dit le marquis en souriant, savourant leur conversation à l'écart. Mais même la feuille de votre père explique que les frasques auxquelles elle s'est livrée sont insupportables, surtout pour un roi, non ?

— La sienne ne vaut guère mieux, a rétorqué Bertha.

Le marquis a haussé les épaules.

— Il est le roi, il fait ce qu'il veut.

Bertha n'a pas laissé passer.

— Vous conduiriez-vous ainsi, vous ?

— Je ne suis pas le roi.

— Mais maintenant que tout le monde sait combien mal le roi a traité sa reine, quel exemple donne-t-il ? C'est vrai, vous n'êtes pas le roi. Elle a baissé la voix, au cas où quelqu'un entrerait. — Mais vous êtes marquis. Feriez-vous la même chose à votre future épouse, en prétextant que si c'est assez bien pour le roi, c'est assez bien pour vous ?

Il y a réfléchi et il a fixé les flammes un moment.

— Peut-être que, sans la feuille de votre père qui a fait de toute l'affaire une débâcle publique, personne en dehors des cercles de la cour n'en saurait rien.

Bertha entendait déjà souvent cette accusation, dans diverses discussions dans les cafés. Le scandale du roi se révélait une excellente opportunité commerciale. Lecteurs et auditeurs n'en avaient jamais assez des détails concernant le roi et la reine, et de leurs aveux publics sur la manière dont ils avaient conduit leurs affaires durant la Régence. La reine passait une grande partie de son mariage sur le continent et n'était guère présente dans la conscience du public. En vérité, ce sont les feuilles, comme The Caller et d'autres, qui faisaient savoir au public que leur reine était même de retour au pays.

Sans les feuilles diffusant les informations, il était peu probable que quiconque se rende compte que leur roi cherchait à divorcer. La dernière fois qu'un roi a divorcé, le pays s'est déchiré. C'est peut-être pour cela que tant de gens ont pris le parti de Caroline ? Elle n'était guère une figure attachante. Lire des récits sur sa conduite faisait toujours rougir les joues de Bertha. Elle lisait des passages à voix haute dans les cafés et sentait son visage s'embraser au contenu.

Et cela, c'était ce qu'ils pouvaient imprimer !

Elle s'est tortillée à l'idée de ce qui a pu se passer de plus.

— C'est vrai, les comptes rendus d'événements royaux, c'est là que ma fortune est assurée. Les gens ne se lassent pas du scandale. En ce moment, nous sommes dans un creux des débats, mais j'ai toute confiance : ils vont reprendre au nouvel an, et le public voudra savoir ce que son roi tente de faire. Ainsi, la fortune de ma famille va croître. Et, si je puis me permettre, c'est l'unique raison de ma présence ici. Ma valeur, prudemment estimée, dépasse celle du reste des jeunes filles à marier réunies.

— Cela sonne remarquablement froid et purement commercial, a-t-il dit, en examinant quelque chose sur son ongle.

— Quoi donc, mon cher marquis ? Parler d'argent ou parler de mariage et de divorce ?

Il a levé les yeux vers elle, mais il est resté silencieux.

Elle a comblé le silence.

— Cela m'amuse tant. J'ai sollicité les meilleurs conseils sur la façon de me conduire lors d'un séjour à la campagne, car ma tenue est scrutée à tout moment. Pourtant, la raison même de ma présence ici, ou de la présence de n'importe laquelle d'entre nous, d'ailleurs, est précisément ce dont nous ne sommes pas censées parler. Ce qui, pour moi, est contre-productif.

— En quoi ?

— Si nous ne pouvons pas parler du sujet du mariage, encore moins du divorce... Et si nous nous mélangeons si rarement pour faire connaissance et découvrir si nous pourrions nous convenir, comment serions-nous jamais en mesure d'aborder le sujet et de conclure des arrangements fructueux ? De toute évidence, il y a ici quantité de demoiselles détermi-nées à s'assurer un mari. Et ces messieurs... je ne sais pas trop

— cherchent-ils des épouses ou sont-ils ici simplement pour vous aider ?

— Je ne voulais pas vous couper dans votre élan, mais, Mlle Collingwood, nous sommes bel et bien en train de parler et de nous fréquenter, là, maintenant. Je vous trouve, sinon déjà à mon goût, au moins divertissante. Peut-être même stimulante.

— Oui, mais nous ne sommes en compagnie que parce que vous êtes incognito.

Il s'est hérissé.

— Si je ne l'étais pas, nous n'aurions jamais eu l'occasion de gagner une compréhension l'un de l'autre. Et donc, il semble bien que cela soit plutôt à *votre* avantage.

— Vraiment ? Elle ne l'a pas cru.

— En effet. Aucune des autres jeunes femmes ne m'a accordé la moindre attention.

— Combien de temps allez-vous encore soumettre votre pauvre et doux majordome à leurs caprices ? Cet homme mérite une médaille pour bravoure, à endurer cette fête.

— Oui. Je devrais le délivrer. Le pauvre a probablement bu tant de thé qu'il doit avoir la vessie prête à déborder.

Bertha a ri si fort qu'elle a laissé tomber son livre.

7

Leopold — il allait devoir se réhabituer à utiliser son prénom en entier au lieu de Leo, qu'il utilisait au régiment — n'allait pas exactement qualifier le rire de Mlle Collingwood de gracieux. Ni de musical. Cela avait le volume et la cadence d'une fusillade toute proche, et, l'espace d'un instant, il s'est senti de nouveau en campagne.

Sauf qu'il ne se battait pas contre les troupes de Napoléon dans un champ boueux. Il se trouvait dans une pièce confortable avec un bon feu ; un changement bienvenu, en vérité. À cela s'ajoutait la présence d'une jeune femme ravissante avec qui converser.

Une belle femme qui a gardé son secret.

Un développement qui n'était pas pour lui déplaire, à n'en pas douter. Depuis le peu de temps qu'il la connaissait, il trouvait Mlle Collingwood au moins digne de confiance. Sans parler de ses autres atouts : ses traits agréables et, il devait bien l'admettre, sa fortune.

C'était une terrible affaire, que cette campagne matrimoniale. Les pauvres oiselles envoyées dans les pattes de son majordome n'étaient guère plus que de la chair à canon.

Il a choisi de ne pas interrompre la prestation de Mlle Collingwood. Il goûtait plutôt ses opinions.

— ... et donc nous prétendons tous assister à une partie sans arrière-pensée autre que de nous divertir, alors que vous avez désespérément besoin d'une épouse fortunée, faute de quoi le domaine et tous ceux qui y vivent vont mourir de faim.

Il s'est rendu compte qu'elle venait de s'arrêter, alors il s'est dit qu'il fallait dire quelque chose. Au moment où il s'apprêtait à proposer une remarque, elle a repris, ce qui tombait à point.

— Vous devez vous marier, et comme je possède les plus grands atouts, il semble que je sois votre meilleure chance. Quel dommage que nous n'ayons jamais le droit de parler de ces choses.

Il devait vraiment aller secourir Braddon. Dieu seul savait dans quels pétrins les jeunes demoiselles pouvaient le mettre. Mais il ne parvenait pas à s'en aller.

— Il y a quantité de sujets dont nous ne sommes pas censés parler, Mlle Collingwood, et je gagerais que l'argent est tout en haut de la liste.

— En effet, a-t-elle dit, et pourtant l'argent est bien la chose la plus importante, n'est-ce pas, dans vos critères de sélection pour une épouse et future marquise ? Vous avez Hadlow Hall à entretenir, après tout.

— Cela semble bien être le cas. Cependant, l'argent ne peut pas tout, n'est-ce pas ?

Oh là là, sa langue se mettait à courir toute seule.

— Ce serait commode s'il y avait un peu d'attirance dans le lot.

— De l'attirance ?

— Oui. Une étincelle, pour ainsi dire.

Il a pris sa main. Il n'y avait ici personne pour les interrompre, parce que personne ne savait qui il était. Quelle aubaine. Il ne devrait vraiment pas se montrer si hardi, mais cela faisait si longtemps qu'il n'avait rien eu de plus qu'une conversation avec une jeune femme charmante.

— La capacité de parler, plutôt que de minauder, est capitale. Et si la future marquise était un tant soit peu jolie, cela rendrait la production d'héritiers bien plus avantageuse.

Elle n'a pas retiré sa main de la sienne, et il s'est surpris à lui caresser la paume du pouce.

Une légère couleur est montée à ses joues, mais elle a tenu son bout de la conversation.

— Voilà encore un sujet dont nous ne sommes pas censés parler, et pourtant c'est aussi une chose d'une importance capitale. Vous avez besoin d'héritiers, sinon il y aura encore une longue recherche d'un héritier.

Il a levé sa main vers son visage. D'un instant à l'autre, elle la retirerait, mais il ne pouvait pas la lâcher.

— Si vous étiez libre d'en parler, si vous n'aviez pas étudié tant les belles manières, quelle serait votre opinion sur, euh, la procréation d'héritiers ?

Il a sûrement dépassé les bornes maintenant.

— Eh bien.

Bertha a dégluti.

Il n'y avait personne d'autre dans la bibliothèque. Personne n'écoutait. Personne d'autre ne connaissait leurs conversations — ici comme dans les jardins. Elle l'enivrait et le troublait.

Elle lui a offert un sourire.

— Si j'étais libre de parler de la procréation d'héritiers, je serais aussi encline à préférer un mari lui-même quelque peu attrayant. Cela rendrait la tâche plus... supportable.

— Supportable ?

Il a embrassé sa paume gantée de dentelle. Pourquoi les femmes portaient-elles des gants si souvent ? Ces fichus gants rendaient le moindre geste si malaisé.

Elle a cligné des yeux sous l'assaut, mais elle n'a ni tenté de se rapprocher ni de se retirer.

— Je dois avouer que je n'en comprends pas parfaitement les ressorts, mais on m'a dit qu'il fallait beaucoup, beaucoup s'embrasser.

Il a failli s'étrangler.

— N'est-ce pas ? J'attendais plutôt avec impatience cette partie du marché matrimonial.

— Il faut effectivement beaucoup s'embrasser, a-t-il confirmé.

Il a embrassé de nouveau sa paume, puis encore, en remontant jusqu'au bord de son gant de dentelle. Ensuite, il a repoussé du doigt le bord agaçant du gant et a déposé un baiser sur le pouls à son poignet.

Elle a cligné des yeux si lentement qu'il a cru l'avoir imaginé. Puis un autre de ses sourires bienheureux.

— Je vous remercie de votre franchise. Vous voyez, même si on m'a donné pour consigne...

Elle s'est mise à compter sur les doigts de sa main libre

... de ne parler que du temps, des travaux d'aiguille, de la cuisine et des dernières modes, ce sont des choses qui ne peuvent m'occuper que dix minutes tout au plus. Il y a tant d'autres sujets que je veux aborder, et maintenant que j'ai parlé de mes désirs, je crois que c'est encore quelque chose que j'aimerais trouver chez un mari. La capacité de parler librement des choses qui m'intriguent le plus... curieuse.

Une balle n'aurait pas arrêté son cœur plus vite. Il a embrassé de nouveau son poignet, son sang désertant sa tête pour affluer ailleurs.

— La curiosité est une qualité décriée chez une personne, a dit Leo. Cependant, je l'estime au plus haut point. Je dois avouer que si davantage d'invités, cette semaine, avaient montré une veine de curiosité plus marquée, ils auraient peut-être découvert ma ruse, comme vous l'avez fait.

Elle a souri et elle a retiré doucement sa main de la sienne, puis elle a croisé les bras sur ses genoux.

— Avez-vous l'intention de détromper ces dames avant la fin de ce séjour ?

La franchise a jailli.

— Oh, grand Dieu, non. Pourquoi irais-je gâcher l'amusement en faisant cela ?

Bertha a haussé les épaules en reprenant son livre et s'est levée. Il s'est levé aussi.

— La franchise est un trait très attirant chez n'importe qui. Je ne crois pas pouvoir faire un mariage heureux avec quelqu'un de malhonnête.

Il a tendu la main vers son bras, mais elle l'a évité.

— Allez-vous révéler ma supercherie ?

Elle a secoué la tête.

— Je ne le ferai pas ; ce n'est pas mon rôle de vous délester de la culpabilité dans laquelle vous devez à présent littéralement vous noyer.

Sur ce, elle est partie, laissant Leopold seul avec sa conscience.

8

L'après-midi suivant, les dames étaient aux petits soins pour le vieux majordome.

Maman a poussé le talon de Bertha du bout du pied, comme pour lui dire d'aller là-bas et de le faire tomber amoureux d'elle.

Bertha ne ressentait plus le besoin de participer à la grande supercherie.

— J'ai peut-être un mal de tête qui pointe, Maman.

— Ce n'est pas possible, tu n'es pas censée en avoir avant cinq jours.

— Pas ce genre de mal de tête, a dit Bertha. Considère celui-ci comme un mal de tête de secours qui m'est tombé dessus. Sans doute parce que chacune des dames ici porte un parfum différent.

— Prends encore du thé, a conseillé Maman. Le thé bien chaud et sucré est excellent pour les maux de tête.

— Je vais me retirer dans nos chambres. Je suis sûre que mon mal de tête aura disparu d'ici le dîner.

Maman s'est levée pour l'accompagner.

— Tu n'as pas besoin de venir. Je serai très bien après une courte sieste, c'est tout.

— Allons donc, ma chérie, je sens moi aussi poindre un léger mal de tête.

Oh là là, elle ne voulait pas sa compagnie. Mais si elle discutait, tout le monde voudrait savoir ce qui se passait. Alors Maman a suivi.

Quand elles ont atteint l'escalier, Bertha a redemandé à sa mère si elle ne préférait pas retourner au salon avec le marquis.

— Je suis ta chaperonne, et je dois m'assurer de te conduire jusqu'à ta chambre.

— Pourquoi aurais-je besoin de cela ?

Il n'y avait personne d'autre dans les parages. Personne pour les entendre.

Maman les a pressées jusqu'à leur chambre, a congédié leurs femmes de chambre et a fermé la porte.

— Je sais que tu éprouves quelque attrait pour le majordome, mais ma chérie, je suis là pour t'assurer qu'il ne peut rien sortir d'une telle alliance. Du moins, pas avant d'avoir épousé le marquis et d'avoir donné un héritier. Ce que tu feras après cela ne me regarde pas.

Le souvenir des baisers du marquis a brûlé son poignet et une chaleur s'est répandue sur son visage.

— Ce n'est pas ce que tu crois, Maman.

C'était tout ce qu'elle se sentait autorisée à dire.

Quel gâchis. Maman n'avait pas remarqué que le majordome n'était pas un vrai majordome. Pourtant, elle a plus ou moins promis au marquis de ne pas révéler son secret.

Maman a posé les mains sur les hanches, les coudes en bataille.

— C'est exactement ce que je pense. Tu ne peux pas te montrer avec les domestiques. Qu'on remercie d'avoir une bonne aide, passe encore ; mais provoquer avec eux le genre de scandale absolument inapproprié, c'est tout autre chose. Tu es ici pour amener le marquis de Hadlow à te compromettre, pas pour te compromettre avec un domestique sans aucun avenir.

— J'ai vraiment mal à la tête, a dit Bertha, et c'était la vérité.

Au dîner, Bertha s'est retrouvée assise plus loin de l'homme qui prétendait être le marquis. Et pourtant, à sa grande joie secrète, elle se trouvait bien plus près de l'endroit où se tenait le majordome, tandis qu'il guidait les valets de pied qui entraient et sortaient avec des plateaux. Maman était assise quelques places plus loin, plus près du marquis de substitution. Le vrai marquis a dû y être pour quelque chose, pour bousculer ainsi le plan de table.

Ce n'était vraiment pas l'usage de remanier les places de cette manière. Même Bertha savait que c'était incorrect et une terrible entorse au protocole. Pourtant, elle ne pouvait s'empêcher d'en être ravie. Nul doute que l'on se plaindrait, mais pas à portée d'oreille de l'homme qu'ils prenaient pour le marquis.

Les dames, si elles s'en sont aperçues, n'ont rien dit de leurs nouvelles places. À la place, elles ont fait l'éloge du repas, de la cuisine et du service. Le vieux bonhomme chancelant assis dans le fauteuil du marquis en tête de table levait son verre chaque fois que quelqu'un faisait un compliment.

Plus tard, tandis que les femmes de chambre les aidaient à quitter leurs robes du soir, Maman a dit :

— Je t'avais dit de rester au thé de l'après-midi. Maintenant, tu es complètement tombée en disgrâce auprès du marquis. Tu dois travailler encore plus dur pour te mettre dans ses bonnes grâces. Enfile ta chemise de nuit, j'ai un plan.

— Maman, le dîner était charmant. Et de toute façon, il n'y a rien de mal à vouloir déplacer les places. Ainsi, nous pouvons toutes nous asseoir près d'invités différents et avoir des conversations différentes.

— C'est possible. Mais il n'aurait pas pu te placer si loin de lui. Tu as dû lui déplaire d'une manière ou d'une autre. Nous allons aller le voir tout de suite. Va chercher le bon cognac.

— Qu'est-ce qu'on fait ?

— Nous allons aller le voir. Nous dirons qu'il avait mauvaise mine au dîner et que nous lui avons apporté un petit cognac médicinal. Il l'acceptera, puis tu laisseras glisser ta chemise de nuit sur ton épaule. Je le surprendrai en flagrant délit et j'exigerai qu'il t'épouse.

— Maman, tu ne trouves pas que c'est un peu excessif ?

— Pas du tout. Nous partons dans trois jours et nous devons agir avant que cette couronne nous file entre les doigts.

— Nos mains ?

— Tes mains. Viens.

À peine une minute plus tard, Bertha s'est retrouvée devant la porte du marquis. Maman se tenait à ses côtés, un plateau d'argent à la main, avec une carafe de cognac et quelques gobelets en verre. Bertha ne comprenait pas du tout comment Maman savait que c'était la porte du marquis.

Maman a penché la tête vers la porte et a chuchoté entre ses dents :

— Arrête de perdre du temps !

Bertha a frappé à la porte et le vieux serviteur l'a ouverte. Lui aussi portait une longue chemise de nuit sous une robe de chambre en flanelle lâchement nouée. Bertha ne pouvait pas s'empêcher de penser que s'il avait été un vrai marquis, il en aurait eu une en soie.

Maman a mené toute la conversation.

— Nous nous sommes inquiétées que vous ne vous sentiez pas tout à fait bien, milord, alors nous sommes venues vous offrir un digestif d'après-dîner.

— Oh ! C'est... très aimable. Ah, laissez-moi...

— Ne faites pas attention à nous, a dit Maman en s'imposant dans ses appartements. Elle a posé le plateau sur un pouf près du feu et lui a versé un verre. — Venez vous asseoir près du feu, milord.

Puis, au lieu de lui tendre le verre, elle a appelé Bertha.

— Chérie, donne son verre au marquis.

Bertha a renoncé à chercher pourquoi Maman s'y prenait ainsi et a attrapé le verre. Elle s'est retournée et l'a tendu au marquis, qui était assis. Au moment où il a pris le verre de ses mains, Maman l'a poussée dans le dos, l'envoyant s'affaler sur les genoux du vieil homme.

Maman a poussé un cri.

— Ciel ! Quelle calamité !

— Non, attends, Maman...

Bertha a essayé de se dégager, mais elle n'avait aucun équilibre et ses pieds se sont retrouvés en l'air. Le vieux serviteur a postillonné et toussé sous le choc et a essayé d'aider Bertha à se relever, renversant le cognac au passage.

Bras et jambes en bataille, Bertha s'est dégagée du fauteuil et est tombée à ses pieds. Ses mouvements ont eu l'effet malheureux d'agripper le col du vieil homme et de le tirer grand ouvert, comme si l'homme lui dévoilait la poitrine.

Pour sa peine, la robe de chambre de Bertha s'est ouverte et a découvert son épaule laiteuse.

— Je n'ai jamais été aussi choquée ! a crié Maman.

À ce moment-là, le vrai marquis, qui se faisait toujours passer pour le majordome, est entré dans la pièce.

— Tout est en ordre ? C'est que j'ai entendu des cris.

Maman a parlé si fort qu'elle a fait accourir tous les invités devant la porte du marquis.

— Tout n'est pas en ordre. Le marquis a compromis ma fille.

— Maman, je t'en prie.

— Il n'a pas le choix, ils doivent se marier, sinon on n'échappera pas au scandale.

Bertha a supplié Braddon du regard de remettre les choses en ordre et d'expliquer ce désastre.

Braddon, ce gredin, s'est contenté de sourire.

— Mademoiselle Bertha semble dans un bel état de déshabillé, et le vieil homme empeste l'alcool. Mieux vaut vous éloigner du feu, sinon vous allez vous embraser.

— J'ai la licence de mariage. Le marquis peut réparer tout cela après-demain matin, a dit Maman.

Braddon avait la possibilité de dissiper la confusion. L'a-t-il fait ? Certainement pas. Il a souri au spectacle qui se déroulait devant lui. Les yeux de Maman brillaient de triomphe. Bertha avait envie de pleurer.

— Nous inviterons tous nos hôtes au mariage, a ajouté Braddon.

— Merveilleuse idée. Préparez la maison pour le petit déjeuner de noces ! a dit Maman.

Bertha se voyait bien les jeter tous au feu.

9

Bertha n'a pas dormi. Elle est restée allongée assez longtemps pour que toute la maison devienne silencieuse. Le léger reniflement qui venait de la chambre de Maman lui disait qu'au moins l'une d'entre nous dormait profondément.

Enfilant une robe, puis se glissant hors de la pièce, Bertha est retournée vers les appartements du marquis. Qu'on échange leurs rôles, passe encore ; échanger carrément leurs chambres, c'était autre chose. Sa proie devait être ici — sinon il allait vraiment trop loin avec cet échange de rôles.

Devait-elle frapper ? Cela risquait de réveiller d'autres personnes. Qui savait combien dormaient dans cette aile ? Elle a tourné la poignée et, le souffle suspendu, a entrouvert la porte en la faisant grincer.

À l'intérieur, le feu crépitait encore dans l'âtre ; il ne restait plus que des braises. Le marquis, le vrai, était assis dans sa véritable robe de chambre, et son majordome — le plus grand comédien du monde des valets — se tenait là dans un attirail de flanelle, un plateau d'argent à la main.

— Ah, Mlle Collingwood, je suis ravi que vous ayez pu nous rejoindre, a dit le marquis. — Braddon, restez, vous êtes de la partie vous aussi.

Bertha avait envie de crier.

— Milord, il faut mettre fin à cette farce. Nous sommes tous d'accord pour dire que c'est un terrible malentendu qui n'a pas besoin d'aller plus loin.

— Mais si, a répondu le marquis. — C'est parfaitement parfait ; je n'aurais pas pu imaginer un dénouement plus accompli à cette mascarade.

— Comment cela ?

Il a souri.

— Asseyez-vous donc. Braddon, offrez un verre à cette pauvre enfant ; elle en aura besoin pour garder des forces pour le mariage.

Bertha s'est assise, plus déconcertée que jamais.

— Je n'aime pas être votre jouet, monsieur.

— Mais vous aimez être celui de votre Maman ?

Bertha a cherché dans le feu un peu d'espoir, ou d'inspiration.

— C'est injuste, elle fait de son mieux. Elle ne veut que mon bien.

— Comme toutes les mamans ici, qui ont toutes jeté leurs filles sur le chemin de Braddon. Certaines plus énergiquement que d'autres, dois-je ajouter.

— Je suis ravie que notre gêne vous amuse autant, monsieur.

— Ah, mais voyez-vous, tout cela va tourner au mieux. Vous êtes la seule à avoir percé mon déguisement à jour. Vous êtes la femme la plus sensée ici, avec — et je manque d'élégance pour le dire autrement — une Maman parfaitement insensée. Si nous ne nous marions pas, elle vous traînera à travers la Saison comme un trophée, prête à piéger le prochain baronnet imprudent, qui, j'en suis sûr, aura encore moins de scrupules que moi.

— Comment peut-on avoir moins de scrupules que de se faire passer pour quelqu'un qu'on n'est pas ?

— Cela me blesse, ma chère. Mais j'accepterai votre colère, ne serait-ce que pour mettre un terme à cette fichue partie de campagne avec toutes ces débutantes minaudières et ces mamans exigeantes. Vous ne voyez donc pas ? Une fois que les gens auront compris que le marquis de Hadlow est marié, toute cette bande rubannée passera à la proie suivante, et je serai libre qu'on me laisse tranquille ici, à la campagne, le temps de me faire à ce que signifie vraiment être marquis.

— Pourquoi ne leur dites-vous pas tout simplement de partir ? Que tout ceci est une terrible erreur. Que vous avez changé d'avis et que vous épouserez une cousine... de York ou... n'importe où ?

— Hmmm, oui, la bien-aimée du Nord est une ruse maintes fois employée. Ils ne verraient jamais clair là-dedans.

Bertha a pris une grande inspiration. Cela ne l'a pas calmée.

— Vous vous rendez compte... si j'épouse Braddon ici présent, ma dot lui revient. Un majordome. Un majordome très loyal et bien éprouvé, et après tout ce que vous lui avez fait subir, il la mérite peut-être, d'ailleurs. Et cela signifie que vous resterez un marquis fauché.

— Balivernes, a dit le marquis en venant s'asseoir près d'elle. — Je suis le marquis. Votre dot ira au domaine.

— Pourquoi m'obligez-vous à aller jusqu'au bout ? Je croyais... enfin, j'ai sans doute été sotte, mais je pensais... que nous en venions à une certaine entente.

— Vous n'êtes pas sotte du tout. Je vous aime beaucoup, a dit le marquis. — Je crois que nous pourrions fort bien nous entendre.

— Moi aussi.

Bertha était plus déconcertée que jamais.

— Voilà pourquoi je suis si perplexe. Je me disais que nous étions en train de nouer, sinon un attachement solide, du moins ses prémices.

— En effet, oui, et j'apprécie votre aveu ému. Voilà qui règle la question. Vous pouvez m'appeler Léo.

— Léo.

Bertha a goûté le prénom.

— Léo, je vous en prie, annulez le mariage ?

— Grand Dieu, non, ma chère Bertha ; toute cette comédie serait perdue si nous ne menions pas le mariage à son terme !

Bertha s'est tournée vers Braddon.

— Vous cautionnez cela, vous aussi ?

Braddon a hoché la tête.

— Je sers au bon plaisir du marquis.

Ça ne peut pas être en train d'arriver.

Les parents de Bertha n'ont épargné aucune dépense (ni la moindre parcelle d'intimité) en organisant à la hâte le mariage le plus affreusement public dans l'église paroissiale. Son père se tenait à ses côtés, prêt à la conduire jusqu'à l'autel.

Toute la domesticité, jusqu'aux filles de cuisine, attendait devant les portes ; quand les portes se sont ouvertes, ils ont applaudi et ont acclamé.

Son père a serré son bras comme dans un étau et a franchi les marches, entraînant Bertha en direction de l'autel.

Tout le monde à l'intérieur de l'église s'est mis au garde-à-vous quand ils sont entrés. Cent paires d'yeux se sont tournées vers elle. Leur chaleur, mêlée aux senteurs de houx et de pin, lui piquait les yeux.

Malgré la détente apparente avec le marquis, la veille au soir, une chose est devenue hideusement claire. Elle et Leo n'étaient pas ceux qui allaient se marier aujourd'hui. Tout le monde croyait encore que le vieux majordome était vraiment le marquis et, à en juger par certaines expressions chez les dames sur les bancs, quelques-unes semblaient soulagées de ne pas être la mariée après tout.

Là, à la place de l'époux, se tenait le vieux serviteur chancelant du marquis. À ses côtés se tenait Leo, le véritable marquis, qui faisait toujours semblant d'être le valet. Allait-il vraiment la faire aller au bout de cette mascarade ridicule ? Sûrement, il allait agir d'une minute à l'autre — échanger sa place et annoncer à tous sa véritable identité ?

Allez, mon chéri, ne fais pas durer ça plus que nécessaire.

Le vicaire se tenait prêt à célébrer l'office. Des mouches bourdonnaient aux oreilles de Bertha, ce qui paraissait étrange pour une saison aussi froide. Puis elle s'est rendu compte que ce n'était que son pouls qui cognait. Cela couvrait une bonne partie de ce que le vicaire disait en accueillant tout le monde pour témoigner de la cérémonie.

Ça ne peut pas arriver. Ça n'arrive pas.

Et pourtant si.

Sa mère, assise au premier rang, rayonnait devant l'extraordinaire alliance qu'elle a orchestrée. Si seulement elle savait le sacré gâchis qu'elle a fait !

Le vicaire a prononcé le nom de Bertha, et elle a aussitôt tendu l'oreille. Il a énoncé son nom complet et a demandé si elle consentait à prendre Leopold John Thaxton Grove, quatrième marquis de Hadlow — lui aussi a eu droit au nom complet, ce qui a pris un peu plus de temps — pour époux.

L'esprit de Bertha s'est emballé.

— Vous pourriez répéter… ça ?

L'assemblée a ricané. Sa mère a poussé un petit cri.

Le vicaire a tout répété et Bertha s'est raccrochée à l'espoir. Il a identifié la mariée et le marié par leurs noms complets et exacts. Si elle acceptait, cela voulait peut-être dire qu'elle allait épouser le véritable marquis, finalement. Le vicaire n'a pas dit « prenez-vous cet homme ? » ; il a nommé Leo par son nom complet.

— J'accepte de prendre Leopold, John Thaxton Grove, quatrième marquis de Hadlow, a-t-elle dit, assez fort pour que même les invités du fond entendent.

Le vicaire s'est tourné vers le vieux serviteur, qui avait l'air d'avoir bu, penché en avant, les yeux clos.

L'homme qu'elle aimait vraiment a donné un coup de coude au vieil homme et lui a soufflé :

— Je le veux.

Le vieux gâteux s'est réveillé et a lâché :

— Je le veux.

Le reste de la cérémonie a été un brouillard total. Chaque fois que Bertha essayait de regarder Leo, il gardait les yeux fixés devant lui. Même pas un clin d'œil, cette fois ? À quoi jouait-il ?

Le vicaire les a déclarés marquis et marquise. L'assemblée a chanté un hymne du Livre de la prière commune.

Pendant que l'assemblée chantait, le vicaire a conduit Bertha, Braddon et Leo dans une petite antichambre, où ils ont signé le registre. La main de Bertha tremblait tellement qu'elle a peiné, mais, au bout du compte, elle n'a pas eu le choix. Sa signature se trouvait là, sous celle du vicaire, dans le registre de l'église, pour l'éternité.

Quel immonde gâchis !

Elle s'est assise et a essayé de reprendre son souffle. Le bourdonnement de mille mouches lui remplissait les oreilles.

Ils sont retournés au domaine, dans le carrosse du marquis. Elle, le vieux serviteur chancelant, et le marquis qui faisait toujours semblant d'être le majordome.

— Leo, je croyais que tu allais arrêter le mariage. Annoncer à tous que tu étais le marquis et... réparer tout ce gâchis ? a-t-elle supplié.

— Et contrarier ta mère ? Je ne pouvais pas la décevoir avec une cérémonie scandaleuse. Et elle a obtenu ce qu'elle voulait, une couronne pour sa fille.

Il était trop tard pour pleurer, mais la chaleur lui piquait quand même les yeux.

— Mais tu n'as pas obtenu ce que tu voulais, et moi non plus.

— Ô toi de peu de foi, a-t-il dit. Il lui a fait un clin d'œil.

Un simple clin d'œil pendant la cérémonie suffisait à rassurer Bertha : tout allait bien. Un clin d'œil dans le carrosse, sur le chemin du déjeuner de noces ? Inutile !

10

Le déjeuner de noces se composait de tables croulant sous des mets délicieux, mais Bertha ne pouvait rien avaler.

Les invités, eux, n'étaient pas atteints du même mal : ils leur adressaient tous leurs vœux, embrassaient la mariée et serraient la main du vieux marié, puis leur souhaitaient une vie de bonheur.

Bertha a figé son visage en un sourire et s'est résolue à tenir bon. Après tout, dans quelques heures, tout allait se terminer. Elle espérait même retrouver un peu de paix et de calme. Même si elle n'était pas sûre de savoir qui elle a réellement épousé aujourd'hui. Était-ce Leo, le véritable marquis, ou le vieil homme ?

Son vieux mari a bu à grandes gorgées et on a dû le porter jusqu'à sa chambre. Dieu merci. On n'allait sûrement pas s'attendre à ce qu'elle partage sa couche avec lui. Et personne n'allait attendre de lui qu'il accomplisse son devoir.

Une fois le personnel revenu après avoir emporté le vieil homme, les invités ont présenté des excuses pour s'éclipser.

Leo, jouant toujours au majordome, les a aidés à sortir de la maison en promettant que leurs carrosses les attendaient dehors.

Enfin, Bertha a fait ses adieux à ses parents. Ils sont partis les derniers.

Elle s'est retournée et a trouvé Leo qui ricanait tout seul. Il a tendu la main et lui a pris la sienne, puis il l'a attirée contre lui pour une étreinte.

— Qu'est-ce qu'on va faire ? a-t-elle demandé.

— On peut faire ça, a-t-il dit. Il lui a redressé le visage et a posé un baiser sur ses lèvres. Chaud et enivrant. Cela a fait s'épanouir des bourgeons dans tout son corps. Oh, comme son cœur a battu de douceur.

Quand Bertha a reculé, rompant ce baiser de rêve, elle a déclaré :

— Maman finira par découvrir que j'ai épousé un majordome, pas un marquis.

— Non, ma chérie, a-t-il dit en lui prenant la main. Nous sommes bel et bien mariés.

Bertha n'était pas sûre de pouvoir supporter davantage de confusion.

— Mais je suis mariée avec lui, dit-elle en désignant l'étage d'un geste.

Leo l'a embrassée de nouveau et lui a pris la main.

— Viens avec moi.

En quelques minutes, ils se sont retrouvés dans un plus petit carrosse, en route vers l'église. Ou, comme Bertha l'appelait, son « théâtre du plus grand désarroi ». Son bien-aimé lui a pris la main et l'a conduite directement à la sacristie, et il lui a fait regarder le registre.

— Réfléchis bien : quel nom le vicaire a-t-il lu ?

— Il a lu ton nom complet, et j'ai été très claire en répétant ton nom complet, si tu te souviens bien.

— En effet. Et, si tu rembobines, qui a répondu le premier ?

Ça devait être le vin de noces qui lui embrouillait l'esprit.

— Je croyais que Braddon a dit : « Je le veux. »

— Juste avant, tu te rappelles ? J'ai parlé le premier, en donnant l'impression que je soufflais la réponse au vieux monsieur.

— S'il te plaît, ne me donne pas de faux espoirs comme ça, c'est trop cruel.

— Mais c'est vrai, Bertha, ma chérie. C'est moi qui ai répondu le premier. Et regarde, mon amour, les signatures dans le registre.

Bertha a regardé. Sous la rubrique de la mariée, elle a vu son propre gribouillis tremblant. Mais, dans celle du marié, elle a vu la signature assurée de Leo. Il s'est avancé et a signé en tant que marié, et le valet a signé comme témoin !

— Alors tu vois, ma chérie, nous sommes bel et bien mariés.

Elle l'a embrassé de tout l'amour qu'elle avait en elle. Finalement, elle s'est détachée et a demandé :

— Je ne comprends toujours pas. Pourquoi as-tu poursuivi jusqu'au bout ? Pourquoi n'as-tu pas dit qui tu étais ?

— Et donner à qui que ce soit une raison d'y mettre fin ? Jamais de la vie. Ces mamans, là-dehors, sont prêtes à toutes les combines pour me passer la corde au cou avec leurs filles.

De cette façon, si elles ont vraiment cru que le vieil homme était le véritable marquis, aucune n'a été particulièrement contrariée que sa fille ne soit pas celle qu'il avait choisie. Si elles avaient su que j'étais le marquis depuis le début, elles auraient déployé toutes sortes de manigances pour me ferrer.

— Je vois. C'est plutôt astucieux. Et j'ai bien le sentiment que, maintenant que je suis mariée, et que les autres pensent que je me suis mariée avec un si vieil homme, je n'aurai sans doute pas beaucoup de visiteurs pour venir nous interrompre non plus. Tout cela est assez ingénieux.

— Merci.

— Cependant, il y a une faille. Tu t'es tout de même marié. Avec moi, apparemment.

— Oui, et cela va être vraiment merveilleux, parce que je t'admire et je t'aime terriblement.

Ces mouches bruyantes lui bourdonnaient de nouveau aux oreilles, et autre chose aussi. Des papillons dans le ventre.

— Oh Leo, je t'aime tant. Nous sommes vraiment mariés, alors ?

— Nous le sommes, en effet. Enfin, en fait, pas encore... en acte, si tu vois ce que je veux dire.

La chaleur s'est répandue sur la nuque et le visage de Bertha.

— Oh oui, l'acte !

— Nous devrions rentrer, ma chère épouse.

Bertha a embrassé Leo de tout l'amour qu'elle pouvait.

— Doucement, mon cher époux, tu commences à parler comme quelqu'un de raisonnable !

ÉPÎTRE À
MADEMOISELLE BLOUNT

Épître à Mademoiselle Blount

À son départ de la ville, après le couronnement

Telle une tendre vierge, que sa mère attentive

Arrache à la ville pour l'air pur de la campagne,

Juste quand elle apprend à lancer un regard langoureux,

Et à entendre un galant, sans craindre le danger ;

De l'homme cher, elle doit se séparer à contrecœur,

Prenant un dernier baiser avant l'adieu éternel :

Ainsi du monde la belle Zephalinda s'envola,

Vit les autres heureux, et se retira en soupirant ;

Non que leurs plaisirs causassent son mécontentement,

Elle ne soupirait pas qu'Ils restaient, mais qu'Elle partait.

Elle partit, vers la broderie et les ruisseaux murmurants,

Les salons démodés, les tantes mornes et les corbeaux croassants,

Elle quitta l'Opéra, le parc, les réceptions, le théâtre,

Pour les promenades matinales et trois heures de prière par jour ;

Pour passer son temps entre lecture et thé,

Méditer et renverser son thé solitaire,

Ou jouer avec la cuillère sur un café froid,

Compter les heures lentes et dîner à midi pile ;

Distraire ses yeux avec des images dans le feu,

Fredonner un air, raconter des histoires au châtelain ;

Monter à son pieux grenier après sept heures,

Là, jeûner et prier, car c'est le chemin du ciel.

Quelque Châtelain, peut-être, que tu prends plaisir à tourmenter ;

Dont le jeu est le Whist, le régal un toast au xérès,

Qui te rend visite armé, t'offre du gibier,

Puis donne un baiser sonore et s'écrie — Pas un mot !

Ou arrive en hurlant de l'écurie avec son chien,

Fait l'amour par signes, et genou sous la table ;

Dont les rires sont francs, bien que ses plaisanteries soient grossières,

Et t'aime plus que tout — sauf son cheval.

Un beau soir, accoudée,

Tu rêves de triomphes dans l'ombre rurale ;

Dans une pensée mélancolique, tu rappelles la scène imaginée,

Vois des Couronnements surgir sur chaque pelouse ;

Devant toi défilent les visions imaginaires

De Lords, Comtes, Ducs et Chevaliers décorés ;

Tandis que l'éventail déployé ombrage tes yeux qui se ferment ;

Puis un battement, et toute la vision s'envole.

Ainsi s'évanouissent sceptres, couronnes et bals,

Te laissant dans des bois solitaires ou des murs vides.

Ainsi quand ton esclave, en quelque doux moment d'oisiveté,

(Sans maux de tête, ni manque de rime)

Se tient dans les rues, absent de la foule,

Et tandis qu'il semble étudier, pense à toi :

Juste quand son imagination évoque tes yeux vifs,

Ou voit monter le doux rougissement de Parthénia,

Gaiement on lui tape l'épaule, et tu disparais tout à fait ;

Rues, chaises et petits-maîtres envahissent ma vue ;

Agacé d'être encore en ville, je fronce les sourcils,

Prends un air renfrogné et fredonne un air — comme tu peux le faire maintenant.

Alexander Pope, 1711

À PROPOS DE L'AUTEUR

Ebony Oaten adore l'histoire, mais n'aime pas vivre à travers elle.

Dans sa carrière antérieure, elle était journaliste, et elle apprécie le fait que tout le concept des « nouvelles pour les masses » tel que nous le connaissons aujourd'hui, ait véritablement débuté pendant l'ère Régence. En particulier le concept de « scandale royal ».

En 1817, la mort en couches de la princesse de Galles et de son fils mort-né plongea la nation dans un deuil profond. Charlotte était l'unique enfant légitime du prince George (futur roi George IV) et de son épouse dont il était séparé, la reine Caroline. La mort de Charlotte provoqua une crise dans la ligne de succession.

Le roi George intenta un procès pour divorcer de la reine Caroline afin de pouvoir se remarier et produire un autre héritier légitime. Les détails de cette procédure se déroulèrent devant les tribunaux et furent dûment rapportés dans les journaux (ou feuilles de nouvelles) de l'époque. Les faibles taux d'alphabétisation n'étaient pas un problème — il y avait toujours quelqu'un de disponible pour lire les nouvelles à haute voix dans une taverne ou un café.

www.ebonyoaten.com

facebook.com/EbonyOaten
threads.com/@ebony_mckenna

DU MÊME AUTEUR

COURS COMPLIQUÉES

Romans d'amour doux et courts sur la Régence

1. Un Marquis Déguisé

2. Comte Surprise

3. Un Trésor pour Mlle Penhurst

4. La Détermination D'acier de Mlle Remington

5. Le mariage, écrit-elle

6. Sa tentation de Noël

7. Tous les chemins mènent aux Earls

PAS SOUS MA SURVEILLANCE

(titre provisoire)

Nouvelle série de romans d'amour

1. Amoureux en fuite

Une nouvelle série de romans d'amour plus longs mettant en scène des mariées en fuite et des sauvetages in extremis, parfois alors que la mariée est sur le point de descendre l'allée !

NUITS CHAUDES

des romans de régence courts et sexy

1. Week-end chez le baron

www.ingramcontent.com/pod-product-compliance
Lightning Source LLC
Chambersburg PA
CBHW031320060726
47590CB00003B/1283